I0555569

Olga y la ciudad

José Marzo

Olga y la ciudad

ACVF EDITORIAL
MADRID

Diseño de la colección:
La Vieja Factoría
Ilustración de cubierta: equipo de diseño de La Vieja Factoría

Lectura de prepublicación:
  Lola Coya.

Primera edición: abril 2011

ISBN: 978-84-936273-9-3

*Para Teresa Martín
y Miguel Uslé*

1
Una semana en el campo

Tres cineastas habían sido convocados a principios de otoño en una casa rural en el parque natural Sierra de Aracena.

Un par de días antes, el productor, Lisardo, les había enviado un correo electrónico para recordarles la fecha y precisar las señas, incluyendo las coordenadas GPS de la vivienda. Le gustaba intervenir en todas las fases de sus proyectos y decidió hacer un paréntesis en su estancia en Los Ángeles, donde promocionaba las carreras de dos actores españoles. El viaje en avión hasta Sevilla le llevó más de veinticuatro horas, con interminables escalas en Nueva York y Madrid: en la terminal 4 de Barajas no le quedó más remedio que comprarse una camisa nueva y asearse en los lavabos públicos. Por fortuna, su mujer, que había prolongado las vacaciones y se encontraba en la propia ciudad de Aracena, fue a recogerlo en coche al aeropuerto de Sevilla y él pudo hacer los casi cien kilómetros del trayecto de vuelta dormitando en los asientos traseros. Al volante, su mujer, pensativa, le miraba de hito en hito por el espejo retrovisor. En la penumbra del atardecer, buscó en el rostro de su marido la placidez del joven resuelto del que se había enamorado treinta años antes, tan distinto de este hombre corpulento, de piel curtida y mirada apagada.

El director y la guionista habían coincidido por la mañana en otro vuelo de Madrid a Sevilla con una compañía de bajo coste. Aunque habían hecho sus reservas por separado, pudieron viajar en asientos contiguos gracias a las gestiones de una azafata, que intercedió ante otro pasajero para que cambiara su plaza.

—¡Hola, Jaime! —saludó sorprendida Elena, la guionista, con una sonrisa que dejaba entrever sus dientes pequeños, regulares y blancos—. No esperaba encontrármelo aquí: es el vuelo más barato que había... —El pelo rubio y corto, los ojos azules claros, casi transparentes, y la voz aguda acentuaban la expresión infantil de su rostro.

—Hay que ahorrar —se limitó a cortar el director con tono esquivo, apenas farfullando.

Al contrario que al resto de los colaboradores, no le pagaban dietas. Sólo él estaba autorizado para pedir facturas de sus gastos con los datos de la productora, que después le retornaba el dinero. La tarde anterior, su secretaria no le había encontrado asiento ni en el tren de alta velocidad ni en los vuelos de Iberia, y ya sólo quedaban plazas disponibles en éste.

Elena observaba fascinada al director. Le divertía su tono de voz refunfuñón y cálido. Debía de tener unos sesenta y cinco años, pero conservaba el carácter animoso y el vientre plano. El pelo alborotado, las piernas cortas y las gafas de pasta, "el torpe aliño indumentario", le recordaban al viejo profesor de escuela que en su infancia le había enseñado la tabla de multiplicar.

—¿Le importa si me sujeto a usted para despegar? —le preguntó ella, agarrándose a su brazo con ambas manos—. ¡Me siguen dando miedo los aviones!

–¿Miedo? Oh, no... no hay que tener miedo. Estas cafeteras son seguras.

–¡Espero que más que la mía! –bromeó ella–. Cierra mal y pierde agua por la rosca... –Dio un respingo cuando sintió que los motores del avión se ponían en marcha. Miró abajo, como si pudiera ver los motores a través del suelo.

El director, por una vez, sonrió. Era un acierto haberse decantado por esta guionista. Elena había escrito muchos de los diálogos de una exitosa serie cómica de televisión. Tenía chispa, el don de construir frases con las que los actores se sentían sueltos; diálogos que a él nunca se le ocurrirían, y que en el fondo despreciaba, pero que agradaban al público.

En el aeropuerto de Sevilla alquilaron un coche. Como era temprano y tenían todo el día libre por delante, decidieron acercarse a la localidad de Mazagón, en la costa de Huelva, que ninguno de los dos conocía. El cielo estaba cubierto, pero de vez en cuando el sol asomaba entre las nubes grisáceas. Dieron un paseo con el calzado en la mano por una playa infinita y desierta, y a mediodía compartieron una fuente de pescaditos fritos en un restaurante frente al puerto deportivo. Dejaron volar la imaginación a la vista de los barcos amarrados; en la dársena, una gaviota, tiesa como una estatua, se había posado en un neumático que flotaba a la deriva en el agua negra y sucia.

A Elena no le había gustado *Olga y la ciudad*, la novela en la que estaría basada la película. La verdad es que hasta la misma semana anterior había estado demasiado ocupada con otros trabajos. Se sentía agotada y apenas si había podido concentrarse en la lectura. ¿Cómo podría adaptar los diálogos de una novela tan densa, tan reflexiva?

–¿Sabe? –le confió a Jaime durante el postre–. No sé si seré capaz de dar lo mejor de mí misma en este guion.

11

—¿Por qué no? —se interesó él, acodado a la mesa, bajando un poco la cabeza y mirándola por encima de las gafas.

—Es una novela como muy... es magnífica, entiéndame bien, con un argumento deslumbrante... la biografía de una mujer admirable. Pero ¿no cree que es demasiado literaria para convertirla al cine? Además, se lo confieso, casi no he tenido tiempo de ponerme con ella y...

—Desecha esa idea de la cabeza —atajó él. Se inclinó hacia Elena y tomó una de sus manos entre las suyas, apretándola suavemente y reteniéndola. Le pareció que sus dedos eran de pan blanco, tiernos.

Una de las principales tareas de un director era la de psicólogo de personal. Había aprendido a reservarse su juicio sobre las capacidades intelectuales de cada colaborador y a estimular sus talentos, a transmitirles una confianza que no siempre le inspiraban, para que trabajaran lo mejor posible.

—Tendremos tiempo, el tiempo necesario... un año si hiciera falta —mintió, recordando que el plazo del productor para comenzar el rodaje era de seis meses.

Ella reposó la cabeza en el hombro de Jaime, en un apunte de afecto. Él la rodeó por los hombros con un brazo, mientras con la mano libre levantaba la taza de café y se la llevaba a los labios.

—Tengo tantas dudas... —dijo ella. Ahora no exageraba sus sentimientos. Era consciente de que sus series de televisión eran un juego inocente, vulgar, en comparación con el proyecto cinematográfico en que se había embarcado.

—Eres una estupenda guionista —dijo él—, tienes mucha inventiva. Aún no has dado lo mejor de ti misma, pero lo harás.

—¿Usted cree? —dijo ella alzando la mirada.

–¿Por qué estarías aquí si no? Tienes que borrar esas dudas de tu cabecita.

–Dudo, dudo constantemente de mí misma.

–Es normal que tengas dudas. ¿Quién no duda de su talento? Tienes que convertir esas dudas en un estímulo, en el abono de tu creatividad. Sólo hay una manera de despejar las dudas, y es enfrentándose a lo que uno desea, a lo que uno quiere, a lo que debe hacer... Las dudas se resuelven encarando las situaciones –insistió.

Elena volvió a alzar los ojos hacia Jaime con una sonrisa. Se sintió confortada, segura. Habría querido demostrarle su agradecimiento con un beso. El director la estrechó con un solo brazo y le deslizó un beso paternal en el entrecejo, antes de ponerse en pie y decir "vámonos, tenemos un largo camino por delante".

El otro guionista, Víctor, había salido de Madrid en su propio coche poco después del amanecer. La dieta de desplazamiento fijada por la productora, a razón de treinta y dos céntimos por kilómetro, en un trayecto de algo más de quinientos, era más que suficiente para costearse el combustible, el desayuno y el almuerzo. Además, su coche consumía diésel. Aún le sobrarían cincuenta o sesenta euros. Tan sólo había tenido que firmar un papel que eximía a la productora de cualquier responsabilidad por un accidente o de posibles desperfectos en el vehículo utilizado.

También quería aprovechar el viaje para hacer un alto en Mérida y pasear a pie por el centro de la ciudad. Un par de años antes había comprado una noche de hotel y dos entradas para asistir en el teatro romano a una representación de *Medea*, de Eurípides. A última hora, a su pareja le surgió un imprevisto de trabajo, así que tuvieron que cancelar el alojamiento y perdieron el importe de las entradas.

Tras dejar atrás Navalcarnero, en el límite de la comunidad de Madrid, se encontró en medio de una tormenta. La lluvia intensa barría la carretera y los campos, sedientos después de tres meses de un verano seco y tórrido. Cuando hubo amainado, abrió una ventanilla y dejó que el olor a tierra mojada entrara en el coche. Se detuvo en un área de servicio a desayunar un café y una tostada con tomate. En el establecimiento había un nutrido grupo de turistas, que acababan de bajar del autocar y se agolpaban delante de la barra. Tardó varios minutos en identificar su idioma. Eran polacos, que volvían de visitar el monasterio de Guadalupe. Recordaba haber visto el desvío un par de kilómetros antes.

De nuevo en carretera, se comió con los ojos el paisaje adusto y señorial de Extremadura, los profundos barrancos que anunciaban el parque de Monfragüe, los suaves cerros salpicados de árboles. En la distancia, no podía asegurar que fueran olivos. Demasiado grandes para ser olivos. ¿Encinas? De Extremadura también era reputado el corcho de los alcornoques. Vio vacas cobrizas y blancas y toros negros al abrigo de las copas.

Esperaba que Mérida fuera una ciudad moderna de altos edificios, como correspondía a su condición de capital administrativa de la comunidad de Extremadura. Había imaginado un casco histórico bien diferenciado, con el teatro, los templos y demás monumentos romanos en un recinto preservado. Por el contrario, las calles estrechas de la zona vieja, entre edificios humildes, le causaron la impresión de un gran poblachón que se despereza de su siesta de siglos. Aunque el adoquinado relucía húmedo, ya había dejado de llover y se sentó en una terraza de la Plaza de España, poco concurrida en días laborables. Con la primera cerveza sin alcohol le pusieron de tapa un platito de potaje de garbanzos, y con la segunda, otro platito de migas con chorizo. Sintió que ya había comido lo suficiente y pudo ahorrarse el importe de un menú completo. Dio un paseo corto hasta el río Guadiana, con ambas riberas arboladas, y junto a la alcazaba árabe se demoró leyendo las placas explicativas al pie de varias estatuas de hombres ilustres. La ciudad rendía esta temporada homenaje a los arqueólogos que, durante el último siglo y medio, habían hecho lo imposible por salvar el patrimonio monumental de la ciudad. De este modo, sus nombres propios quedaban vinculados para siempre a la historia. Era la forma de eternidad más sólida, la que une la personalidad a objetos estimados y duraderos, y otorga a una vida el sentido de formar parte de un gran legado. ¿Qué mensaje transmitía la historia académica cuando destacaba con la misma letra negrita a los que se afanaban por construir y rememorar y a los generales que ordenaban los saqueos y los bombardeos? Sin embargo, los orígenes de Mérida eran militares: el retiro de los soldados romanos veteranos. También la industria de la guerra era un factor civilizador, pensó. Sus meditaciones y su paseo, esta vez calle arriba, le condujeron frente al llamado Templo de Diana. Se encontraba encajado entre calles, sin una plaza delante que destacara su acceso ni favoreciera una vista del conjunto. Una valla de obras lo separaba de la calzada y, a su alrededor, había maquinaria y material de construcción. Un cartelón explicaba que el templo, conocido popularmente como «de Diana», nunca había estado consagrado a esta diosa. Rodeándolo por tres de sus cuatro lados, se construía un edificio de uso administrativo, de una sola altura, que reproducía la planta del que originalmente había estado emplazado en el mismo lugar.

De vuelta al aparcamiento donde había dejado el coche, vio una señal que indicaba la dirección del teatro romano, pero prefirió reemprender el viaje. «Ya habrá otra ocasión, con más calma», pensó.

Las rectas de la autovía Ruta de la Plata hasta la provincia de Huelva se le hicieron demasiado largas. El paisaje, poco a poco, se volvió más abrupto. Las estribaciones de Sierra Morena, que separa Andalucía de la meseta, recortaban sus líneas netas contra el cielo. Al tomar el desvío hacia Aracena y adentrarse en el parque natural, volvió a preguntarse por qué el productor les había convocado en esta tierra. La mayor parte de *Olga y la ciudad* transcurría en Madrid, la Ciudad, sobre todo en los barrios de Hortaleza, Moratalaz y Carabanchel, pero algunas de sus escenas más importantes tenían lugar en un pueblo de la fría meseta norte, en Soria. En cualquier casa rural de la ribera del Duero, en un radio de poco más de doscientos kilómetros desde Madrid, se habrían concentrado igual en el trabajo y quizás habrían hallado motivos de inspiración más cercanos al relato original. En la región había burgos de piedra, recios y castellanos, muy diferentes de estos soleados pueblos blancos de Andalucía con geranios en los balcones y naranjos en los patios.

–¿Dónde está Argaelo? –le había preguntado Víctor al autor, durante la velada que pasaron juntos hacía ya varios meses, antes del verano.

–¿Argaelo? No, no. Argaelo no existe –le contestó.

–No he encontrado referencias a él en internet, ni siquiera un topónimo aproximado.

–Hay topónimos parecidos –le explicó–. Pero lo importante es el tipo de pueblo. Toda la ribera sur del Duero está jalonada de estos pueblos subidos en montes. No sólo en Soria. Estoy pensando en Osma, que está en Burgos, o incluso en Sepúlveda, que está en Segovia...

Los arévacos, hace más de dos mil años, escogían estos emplazamientos por su facilidad defensiva, y las sucesivas civilizaciones, la romana, la visigoda, la musulmana, iban ocupando los lugares de las anteriores. La altura, el agua de algún manantial y terreno alrededor para el ganado y las huertas era cuanto necesitaban.

En el pueblo de Argaelo estaban las raíces de los protagonistas de la novela. Era un paisaje primigenio al que daban la espalda en su rutina diaria en Madrid, pero al que no podían renunciar por completo ni definitivamente. A Víctor le sorprendía la irrelevancia, incluso la ausencia de esta faceta de la realidad española en las recientes narraciones literarias y cinematográficas: ese pueblo al que casi todos los urbanitas acuden de vez en cuando, a pasar una parte de las vacaciones o algún fin de semana, o para visitar la tumba de un abuelo en la festividad de Todos los Santos.

–Parece que queremos eliminar de nuestra mente algo con lo que no queremos identificarnos... ¡pero está tan presente! –le dijo el autor–. Mis padres eran de pueblo, y yo nací en Madrid al poco de que emigraran. Se diría que queremos ser más modernos que nadie, cuando todavía tenemos un pie en el terruño. La generación del 98, los Baroja, los Unamuno, tenían más conciencia de esto. Ellos sí entendieron la necesidad de escribir sobre los pueblos.

El autor tenía cincuenta y tantos años. Había pasado más de diez ocupado con esta historia. La había escrito robando horas al día, en fines de semana y durante las vacaciones, sin poder concentrarse en ella de un modo sostenido. Víctor había apreciado esas costuras y remiendos en el ritmo. Junto a capítulos convincentes, otros que parecían precipitados; escenas intensas, reflexiones inteligentes, seguidas de lagunas por cubrir. Pero el concepto, el argumento y la estructura le parecían convincentes, al igual que la construcción de los dos protagonistas y otros personajes.

—Es una novela fallida —se sinceró el autor, sin falsa modestia—. Sobrestimé mi capacidad intelectual y mis posibilidades. De hecho, no volvería a escribirla. He perdido el tiempo y he perdido la ilusión por volver a escribir nada.

Durante esos diez años había dejado pasar las últimas oportunidades de promocionar en su carrera profesional de abogado, se había divorciado y había consumido su salud. Todo para nada, porque *Olga y la ciudad* ni le convencía a él ni a su propio editor, que no apostó comercialmente por ella. Sólo había recibido una crítica, paternalista y condescendiente, publicada a destiempo en el suplemento de un periódico, cuando los ejemplares ya habían sido retirados de las librerías. El efecto de sendas reseñas elogiosas en un par de blogs literarios había durado hasta el siguiente clic del ratón.

La productora de cine disponía sobre todas las obras del fondo de la editorial de un derecho de preferencia para su adaptación al cine. A cambio, se comprometía a rodar al menos una cada dos años. Este motivo, más económico que artístico, había propiciado la elección. Lisardo, por cortesía, había invitado a comer al escritor en un restaurante céntrico y muy caro de Madrid. Como temía sentirse violento a solas con el autor, y el director no estaba disponible, telefoneó también a Víctor y le pidió que los acompañara.

El primer juicio que Víctor se formó sobre el autor fue negativo. Éste llegó con retraso a la comida y se disculpó de un modo torpe. Por la piel ajada y el pelo ralo y descuidado, aparentaba unos sesenta años. De carácter distraído, incluso tropezó con la silla en la que intentaba sentarse. Vestía americana y pantalón sastre, mal planchados, y Víctor pensó que sólo se los había puesto para la ocasión. Fumaba un cigarrillo tras otro. La conversación resultó forzada y el productor les dejaría pronto. Durante el almuerzo, el autor había expresado su interés por asistir algún día al rodaje.

–Claro... –contestó Lisardo. Sacó su móvil del bolsillo–. Dame tu número, por favor, y lo apuntaré en mi guía para no olvidarlo. Te llamaré cuando vea la oportunidad. Es cierto que los actores, todo el equipo, pero sobre todo los actores, se sienten incómodos con la presencia de los autores, pero veré qué se...

–Tampoco quisiera molestar. Era simple curiosidad.

–Veremos, veremos si es posible. Si a mí se me olvida, llámame. Encontraremos un hueco algún día en el que se altere lo menos posible la rutina.

En la guía de su móvil, había apuntado "Autor NC", iniciales de "no contestar". Prefería no ser grosero, pero había aprendido a no ceder ni un milímetro ante las injerencias de intelectuales que ni entendían de cine ni respetaban a sus artistas.

Cuando Lisardo los dejó solos, apuraron sus cafés y Víctor se ofreció a llevar al autor en coche hasta su domicilio. Vivía solo en Carabanchel Bajo, cerca de la calle Sallaberry, en un pequeño apartamento en una tercera planta sin ascensor. Víctor se preguntó cuánto de autobiográfico había en el personaje de Claudio. Cuando el autor le ofreció subir a su piso para tomar una cerveza y terminar la conversación, aceptó. ¿Encontraría en el apartamento un piano vertical, retratos de Beatriz y de Olga?

–Imagino lo que estás pensando –le dijo el autor–. El piso de Claudio sería parecido a éste. Pero no, no tengo piano y no sé tocarlo. Me habría gustado aprender. Ya ves, otra frustración. Vivo solo desde hace siete años. Pero abriré las ventanas para que entre aire fresco y luz...

Ninguno de los dos se arrepentiría: ni el uno de hacer la invitación ni el otro de aceptarla. Charlarían durante horas, hasta bien entrada la noche.

2
El montador de casetas

A Elena la despertó un ruido de vasos y cubertería procedente de la cocina, en la planta baja. También creyó oír voces cruzadas y percibir un suave aroma a café. Le costó aún varios minutos ubicarse. Las paredes pintadas al temple, los altos techos con vigas de madera, la cómoda y la mesita de noche rústicas. A través de las cortinas, se filtraba la luz azulada de la mañana. Salió en bata de la habitación y, al final del pasillo, al que daban las puertas de los cuatro dormitorios, se encontró en el salón vacío, sin más mobiliario que algunas sillas plegables apiladas en una esquina.

Abajo, en el comedor, Jaime estaba sentado a la mesa leyendo el periódico. Con él se encontraba una mujer, que preparaba el desayuno. Pese al delantal, su aspecto difería mucho del de una sirvienta. Llevaba el pelo recogido en un moño, que acentuaba su estatura, vestía blusa y pantalones claros y calzaba tacones altos. En ese momento ponía las tazas en la barra de la cocina americana.

—¡Aquí está Elena! —la saludó con una sonrisa al verla bajar por la escalera. Secándose en el delantal, fue a su encuentro y le tendió una mano—. ¡Qué ojos tan bonitos! ¡Y qué joven! Yo soy Cristina –Ante la confusión de la recién llegada, precisó–: La mujer de Lisardo, vuestro productor. No he querido dejar pasar la oportunidad de venir a veros la primera mañana.

Jaime, sin levantar la vista del periódico, se limitó a dar los "buenos días" entre dientes.

El día anterior, él y Elena, después de atravesar toda la provincia de Huelva de sur a norte, habían llegado a Aracena a media tarde. Se animaron a dar un paseo por la ciudad, dinámica y comercial, llena de cafés y plazuelas empedradas. Subieron al castillo. Les encantó la vista sobre la población, encajada entre montes arbolados, encendidos por el último sol del día. Como una niña, Elena se había apoyado en el pasamanos de madera del mirador y, cogiendo mucho aire en los pulmones, había gritado:

–¡Aracena! ¡Qué guapa eres!

Al oírla, y viendo a otros turistas cerca del mirador, Jaime había hecho un mohín de fastidio. Luego cenaron en un restaurante con sillas de enea y manteles a cuadros. Estaban desganados, agotados. No sabían cómo llegar a la casa rural La Fuentecilla, a unos tres kilómetros de Aracena. Una carretera solitaria les condujo hasta la aldea de Carboneras. Allí debían tomar una pista rural. Pero de nada les servían las coordenadas GPS de la vivienda si el coche no disponía de navegador. Además, en pleno parque natural, ni siquiera sus móviles tenían cobertura. Aunque ya eran más de las diez de la noche, encontraron en la calle a un hombre que se ofreció a guiarles.

–El camino es estrecho, pero el coche cabe; no se preocupen y ustedes seguidme –les dijo.

Así que siguieron a la furgoneta del hombre por un angosto camino. No veían nada a los lados, sólo las cercas de piedra y los troncos de los árboles que habían crecido en la misma linde. Conducía Elena, que no había tomado vino con la cena. Seguramente la carrocería se había rayado con algunas de las ramas que se echaban sobre el camino. Se estrechaba por momentos y había que conducir en primera, pisando suavemente el freno. Por fin, la furgoneta se detuvo ante una cancela.

–Aquí tenéis la finca La Fuentecilla –les dijo–. La casa está allí, a cien metros; es de mi hermano. Yo soy Pablo. Para cualquier cosa que ustedes necesitéis, preguntáis por mí en Carboneras.

–¿Dónde nos ha traído este hombre? –dijo Jaime cuando se quedaron solos.

–¡No será una broma! –exclamó Elena.

Pero Jaime no estaba pensando en el improvisado guía, sino en el productor.

Había otro coche aparcado junto a la casa y supusieron que era el de Víctor. Encontraron cerrada la puerta de la vivienda, pero la llave no estaba echada y para entrar les bastó descorrer un pasador y empujar los batientes. Víctor ya se había acostado. Dormía profundamente, porque ni siquiera se levantó a recibirles cuando, buscando sus dormitorios a oscuras, sus equipajes tropezaron con puertas y muebles.

–Qué otra cosa puede hacerse aquí aparte de dormir... –dijo Elena conteniendo la risa, evitando levantar la voz.

El único aseo se encontraba a un extremo del pasillo. Primero entró Jaime y se lavó la cara y los brazos. Se sintió aliviado al comprobar que del grifo salía agua caliente; se ducharía por la mañana. Luego entró Elena. Se desnudó ante el espejo. Descalza sobre las baldosas, un escalofrío le ascendió desde los pies hasta los hombros. Se quedó más de cinco minutos debajo del chorro caliente de la ducha. Se sentía pletórica, feliz. Hacía tiempo que no lo pasaba tan bien. La provincia de Huelva la había cautivado, todo lo que había visto por la ventanilla del coche, desde la costa hasta la sierra. Se dirigió a su dormitorio y, en el umbral, se detuvo pensativa. Cruzó el pasillo hasta la puerta de Jaime y, ya con la mano alzada, antes de golpear suavemente con los nudillos, se detuvo de nuevo.

—Adelante —dijo Jaime al oír que llamaban. Recostado en el cabecero de la cama, sentado encima de la colcha, tenía un libro en las manos. Había estado a punto de quedarse dormido con la luz encendida. Se había descalzado, pero aún no se había quitado los pantalones ni la camisa. Se subió las gafas a la frente para ver mejor a Elena, que acababa de entrar.

Ésta cerró la puerta a sus espaldas, despacio, y se apoyó en ella, mirando a Jaime con detenimiento. Parecía una virgen vestal, con su pelo corto rubio y su camisón blanco.

—¿Sabe? Tengo dudas... Otra duda que también me gustaría aclarar.

En su maginación, aturdido por el sueño, Jaime la vio acercándose hasta su cama, descalza y caminando de puntillas, casi deslizándose: Elena se subió el camisón con ambas manos, dejando ver el pelo negro del pubis. Jaime se sintió pequeño, cohibido por esta mujer decidida. Separando las piernas, Elena se sentó a horcajadas sobre él. Sentía el calor del sexo de Elena sobre el suyo. "¿Puedo tutearte?" le preguntó ella, inclinándose sobre él y acercando sus labios a los suyos.

Pero Elena seguía apoyada en la puerta, a cuatro metros de distancia, esperando quizás una invitación para acercarse.

—Es muy tarde —dijo él, dejando el libro y las gafas sobre la mesita de noche—. El día ha sido muy largo. Hay que dormir. Mañana tendremos todo el día para hablar de esas dudas.

A Cristina, la mujer de Lisardo, le hacía ilusión preparar el desayuno para el equipo de guionistas. Se levantó al amanecer y compró en una pastelería de Aracena un par de hornazos recién hechos. Había dejado a su marido durmiendo y ordenó a la criada que no le molestasen. Ella misma lo despertaría a su regreso, a mediodía. La noche anterior, a causa del *jet lag*, Lisardo se había acostado mareado y con dolor de cabeza y tardó en conciliar el sueño.

El director dijo que en La Mancha, al menos en algunos pueblos de Toledo que conocía bien por motivos familiares, daban el mismo nombre de hornazos a una especie de suizos grandes, espolvoreados con azúcar, con uno o dos huevos duros incrustados en la masa.

—Les dejan la cáscara, para que se conserven varias semanas —explicó.

Cristina había adoptado una expresión escéptica, pero en seguida volvió a sonreír, y les dijo, satisfecha:

—Éstos os gustarán más —Les ofreció la fuente con las dos tortas oblongas, que había cortado en porciones—. Tienen almendras y cabello de ángel.

—Qué buena pinta —dijo Elena, acercándose y cogiendo un pedazo—. ¿Los has hecho tú?

—¡Oh, no, qué va! ¡Yo soy malísima para la cocina! Por cierto... ¿Aún no se ha levantado Víctor?

—Me asomé a su cuarto antes —dijo Jaime—. Parece una leonera, por cierto, con la cama deshecha y ropa por todas partes. Pensaba encontrarlo aquí abajo.

En ese momento oyeron a lo lejos el chirrido de la cancela. Al salir afuera, Elena contuvo una exclamación. Era una mañana luminosa y fría. Ahora podía ver todo lo que a su llegada, en la oscuridad de la noche, había tomado por una maraña boscosa. Delante de la casa había una plaza semicircular, plantada de césped y atravesada en uve por dos sendas empedradas. Había chopos a un lado, y al fondo una encina enorme y centenaria, con una copa de al menos veinte metros de ancho, que arrojaba sombra sobre una barbacoa. La casa se hallaba en un paraje entre dos montes de escasa altura, cubiertos de encinas y alcornoques.

Por el camino de la cancela venía Víctor. Vestía ropa de deporte y en la mano llevaba una vara, que levantó a modo de saludo.

—¡Buenos días! ¡Ya estáis levantados!

—¿Vienes de explorar los alrededores? —le preguntó Cristina alzando la voz.

Víctor se acercó en primer lugar a ella y se saludaron con dos besos.

—¡Tienes la cara helada!

—Sí, hace frío por allí arriba. Sólo quería ver hasta dónde llegaba la senda. Encontré una valla cerrada y no pude continuar. Pero la caminata me ha ayudado a aclararme algunas ideas sobre el guión.

—Las vallas son para el ganado —explicó Cristina—, para que no se escape. Pero podías haberla abierto y seguir. Por la zona las cancelas no suelen estar cerradas con candado...

El sol, que despuntaba sobre los montes, aún no daba de pleno en la casa. Además, ellos estaban a la sombra de la fachada norte. En ese lado, el musgo, que había hallado un ambiente favorable, manchaba de verde las junturas entre las piedras de la casa.

El director, sin corresponder a la mano que Víctor le había tendido, le presentó a Elena.

—Tu compañera, Elena. Viene de la tele, ella se encargará de los diálogos.

Hubo un momento de confusión. Elena, al ver la mano tendida de Víctor, hizo ademán de corresponderle con la suya, pero al mismo tiempo que él se inclinaba para besarla en las mejillas.

—Encantada —dijo, besando dos veces a Víctor, sin abandonar la sonrisa nerviosa.

—Pero vamos dentro —atajó el director—, que aquí fuera hace fresco.

Víctor había sido compañero de trabajo de una de las hijas de Cristina y Lisardo, en una emisora de radio en la que, durante dos años, él había redactado las noticias de cultura. Gracias a este contacto, y quería creer que por sus cursos de guión y algunos relatos premiados en concursos municipales, había entrado en el equipo de la película. Por la distancia con la que el director le había recibido, se preguntó si éste se hallaba molesto por este motivo, aunque no le había transmitido esta impresión en ninguno de sus encuentros anteriores en Madrid.

—¿Qué tal el viaje ayer? —le preguntó Jaime, ya en el comedor. Al mismo tiempo, en un gesto y con una actitud que a Víctor le parecieron estudiados, le había puesto una mano en el hombro y le había tendido finalmente la mano, que él apretó de un modo casi reflejo.

—Bien... el viaje, bien —contestó, sintiendo calor en las mejillas. Se desprendió de la chaqueta y buscó con la mirada dónde dejarla—. Al final, el trayecto me llevó casi todo el día.

—Ponla aquí, Víctor, en el respaldo de la silla —le dijo Cristina, que había reparado en su turbación.

Mientras desayunaban sentados a la mesa, Jaime, mojando una porción de hornazo en el café, se dirigió de nuevo a él:

—Decías que habías estado pensando en el guión durante tu paseo...

—Eh... sí. Pensaba en el comienzo, en el montador de casetas —A Víctor se le iluminó la mirada al recordar la idea, la cascada de imágenes que le había acudido a la cabeza mientras caminaba–. No sabría cómo comenzar. Me preguntaba cómo... si sería posible conservar la estructura base de la novela en el guión. Tenemos a este hombre... Claudio, que vive en Madrid con su hija, Olga, y que ha perdido su empleo. Se dedica a montar casetas. Luego comienza a recordar su juventud, sus estudios, sus primeros trabajos, hasta su encuentro con Beatriz...

–Del principio, lo que más me gusta es el capítulo del reparto de butano, su primer trabajo. ¡Me encanta! –exclamó Elena, que en seguida, al reparar en que nadie le hacía caso ni la secundaba, se arrepintió de haber interrumpido a Víctor.

–Pero la cuestión, sobre todo –siguió éste–, es si podría conservarse esa especie de *flash-back* de Claudio.

–Es una posibilidad –dijo Jaime–. Otra es hacer una narración temporal lineal. Pero ¿por qué piensas en el *flash-back*?

–Es una de las cosas que mejor funciona en la novela. Primero se nos presenta al protagonista en el presente, en pleno trabajo y en el marco de todos sus problemas, de su rutina diaria y de su vida con una niña a la que tiene que cuidar, que damos por supuesto que es su hija. No sabemos si está divorciado, si es viudo, nada. Al final de la novela, ya sabemos por qué cuida de la niña. Se cierra el círculo, la historia se completa y queda cerrada.

–Queda más bien abierta –dijo Jaime–. No desde el punto de vista narrativo, pero sí emocional. Él y Olga tienen toda la vida por delante... ¿Os importa que fume? –dijo. Sin esperar respuesta sacó un purito de su tabaquera y lo encendió–. Fumo poco –añadió a modo de disculpa–, pero después del café no puedo faltar a la cita con este vicio... tan estúpido.

–Quiero decir que se nos da toda la información de la historia –continuó Víctor–. El espectador podrá tener toda la información necesaria, lo que sucedió y a qué ha llevado a los protagonistas...

Cristina se puso en pie y sacó de la alacena un cenicero de cristal.

–Abriré la ventana –dijo–. Así se ventila la casa. Yo también fumaré un cigarrillo, si no tenéis inconveniente.

Sacó un paquete del bolsillo de su chaqueta y ofreció tabaco a Elena y Víctor, pero ninguno de los dos fumaba.

Jaime hizo un gesto afirmativo con la cabeza a Víctor, animándole a proseguir.

–Pienso que un principio así, entrando de lleno en la vida de Claudio y de la niña, tendría mucha fuerza y sería fiel a la novela. Se podría comenzar con un hombre que monta una de esas casetas de jardín.

–Bueno... no me preocupa tanto ser fiel... –dijo Jaime–. Tendremos que traicionar la novela más de una vez... Pero sí... Imaginemos lo siguiente: pantalla en negro, ruido de tráfico, pitidos, frenazos, rumores de noticiarios de radio, fragmentos de música, el runrún de los motores de los coches, los cambios de marcha. Imágenes aleatorias de una gran ciudad: los semáforos, peatones que cruzan un paso de cebra, un señor que compra un periódico en un quiosco, las cafeterías abiertas y un camarero a la puerta... Nos vamos quedando con una furgoneta que transita por la calle. La seguimos. Recorremos la ciudad, seguimos al vehículo por una autopista y llegamos a una barriada residencial de chalecitos. Oímos unos golpes secos. Estoy oyendo, cada vez más intensos, los golpes del... ¿cómo se llama? Eso para golpear los tablones.

–El mazo –dijo Víctor–. Claudio utiliza un mazo de caucho. En eso había pensado yo para comenzar. En el mazo de caucho con el que Claudio va golpeando los tablones.

–Los ruidos y las imágenes de la ciudad tienen para nosotros una ventaja –dijo Jaime–. Así entramos con fuerza en uno de los motivos centrales de la historia: la vitalidad de la ciudad, como entorno madre de los protagonistas. La ciudad es el caldo en el que viven.

–¡Y en el que quieren vivir! –intervino Elena.

–Claro –convino Jaime sin mirarla.

–Tienes razón –reconoció Víctor. Él no había caído en la cuenta de ese factor, la necesidad de enfatizar el ambiente de la ciudad.

–Me parece bien tu idea de respetar el *flash-back* –dijo Jaime condescendiente, a sabiendas de que ambos, simplemente, habían coincidido–. El inconveniente es que así tendríamos dos Claudios, uno es un hombre de casi cuarenta años, y el otro, un jovencito de apenas veinte.

–¿Quieres decir que harían falta dos actores para el mismo personaje? –preguntó Cristina. Al instante, temió que se malinterpretara su comentario como una injerencia inoportuna, en su condición de mujer del productor.

–O mejor un solo actor joven –atajó con rapidez Jaime, entendiendo el rubor de Cristina–, pero bien maquillado y caracterizado para que también pueda aparentar con credibilidad la edad de un hombre maduro. Prefiero esta opción a los dos actores, y entre los veinte y los cuarenta la diferencia no será insalvable para los maquilladores ni para el vestuario. Otra cosa es que tuviéramos un anciano, pero no es el caso.

–Estoy gratamente sorprendida –dijo Cristina–. Y me siento afortunada por tener la oportunidad de asomarme hoy a vuestro trabajo. A mí no se me habría ocurrido nada de lo que habéis dicho aquí. Me parece...

–Y yo no sé qué hago aquí sentada al lado de... –Elena, sonriendo y mirando a Cristina, ladeando perceptiblemente la cabeza hacia Jaime, iba a decir "este monstruo", "este genio". Se retuvo a tiempo, presintiendo que su observación sería tomada por una adulación descarada.

–Estás aportando tu tono, tus observaciones –la había interrumpido Jaime–. Esta fase es la más ingrata y todas las opiniones valen, unas porque se podrán utilizar y otras porque espolean a los demás. Tenemos que atrevernos a equivocarnos –Luego se dirigió a la mujer del productor–: Y es un placer tenerte hoy con nosotros, Cristina. Hemos encontrado un par de ideas sólidas antes de ponernos a trabajar, mientras desayunábamos hornazo, que por cierto está riquísimo. Me gustaría que vinieses cuando tengas cualquier rato libre y aportaras tus opiniones.

En la siguiente fase del guión, ya en Madrid, Elena se encargaría de elaborar los diálogos, con las aportaciones de Víctor y del propio director. En ésta, era Víctor el que debía tomar nota de todo lo que hablaran y se decidiera para, luego, en solitario y con calma, redactar una propuesta de tratamiento literario. Este texto, de no más de treinta páginas, debería recoger, con un estilo claro y conciso, los personajes, situaciones y escenas principales de la futura película.

Víctor se había disculpado para subir al dormitorio y coger su cuaderno y un bolígrafo. De pie en su cuarto, apuntó con su caligrafía atropellada, de letras irregulares: "1. Ruidos e imágenes de ciudad. Una furgoneta se dirige por autopista a una urbanización de las afueras. 2. Claudio, un hombre de treinta y tantos años, monta una caseta de madera".

Cuando bajó de nuevo, Cristina daba su opinión sobre la novela. Jaime le había preguntado si la había leído.

–... yo no conozco el mundo de la edición, pero creo que con un poco más de apoyo publicitario, podría haber tenido éxito. He leído novelas mucho peores con más resonancia y mejores ventas.

–El final es sobrecogedor –dijo Elena–. Pese a la enfermedad de Beatriz y a su... a su forma de morir, me ha parecido una novela de amor.

–¿Y os gusta el título? –preguntó Jaime, como quien lanza un pañuelo al aire y sabe que dos manos se lo disputarán.

–Pues la verdad es que no lo entiendo –dijo Elena–. Creo que despista, porque después de las dos o tres primeras páginas no se vuelve a hablar de Olga hasta que la novela está muy avanzada. Estaba leyendo y a veces me preguntaba cuándo volvería a aparecer la niña.

–La verdadera protagonista es Beatriz –observó Víctor–, pero sin su maternidad y la presencia de Olga, no se entendería nada.

–¿Y qué título le darías a la película?

–¿*El amor de Beatriz*? –se aventuró Elena.

–*La ciudad y el amor* –había dicho, casi al unísono, Cristina.

Jaime sonrió. Recordó que, precisamente sobre esta cuestión, había dibujado en su diario un triángulo con la palabra "amor" en el centro. Las tres esquinas representaban a Olga, Beatriz y el propio Claudio: el amor de Beatriz por su hija, Olga, y el amor de Claudio por Beatriz y, finalmente, también por la niña. Luego había tachado con un aspa el dibujo, que le resultaba un poco cursi.

–Pero *Olga y la ciudad*... –añadió Cristina– me sugiere muchas cosas. No sabría decir por qué, pero pienso que el título es uno de los aciertos de la novela.

Jaime hizo un inciso, inclinándose hacia Víctor, y le pidió que fuese anotando las alternativas al título que fuesen surgiendo. En este asunto, confiaba mucho en el instinto femenino, con más motivo si, como pensaba, las mujeres serían mayoría entre el público de la película.

–Subraya *El amor de Beatriz* –le pidió.

–Sí, es muy rotundo –musitó Víctor.

A Jaime le preocupaba que el título original despistase al espectador. El lector del libro disponía de más tiempo y de claves verbales para encontrar la pepita encerrada en los sustantivos "Olga" y "ciudad". Tratándose de una novela que había pasado sin pena ni gloria por las librerías, no existía tampoco ningún motivo comercial para mantener el título.

–En cualquier caso, es muy importante que la niña sea presentada ya en la primera escena, porque hasta una hora después no volverá a aparecer.

–Quería plantearte... –dijo Víctor–. Al principio de la novela se cuenta que Claudio la lleva consigo al trabajo algunos sábados y que Olga lleva puesto el bikini para bañarse en las piscinas... La propietaria de una casa podría invitarlos a tomar algo... a un refresco.

–Trabajad los dos sobre esto –dijo Jaime a Elena y al propio Víctor–. Es imprescindible que se la identifique muy bien por su nombre. Y tiene que apuntar un carácter resuelto.

Víctor, satisfecho de que se aceptase su propuesta, corrigió sus notas: "1. Ruidos e imágenes de ciudad. Una furgoneta, ocupada por un hombre y una niña, se dirige por autopista a una urbanización de las afueras. 2. Claudio, de treinta y tanto años, monta una caseta de madera y entretanto vigila a su hija, de nueve, que toma el sol junto a la piscina. La propietaria los invita a refrescos. Diálogo".

Recordó el primer capítulo y concluyó que trabajaban en la buena dirección. La primera escena podría traducir en imágenes esa frescura que tanto había llamado su atención. Pero había olvidado proponer a Jaime reproducir una situación que funcionaría muy bien. Se lo diría en la siguiente sesión de trabajo. Se narraba que en el colegio la profesora había propuesto una redacción a los alumnos: en menos de trescientas palabras, debían contar cómo era una jornada de trabajo de sus padres. Esto es lo que Olga tardó en escribir una semana, consultando el *Diccionario* y la *Ortografía*, y leyó emocionada ante su clase:

«Claudio trabaja haciendo casetas de jardín y casi todos lo aprecian mucho porque sus casetas son muy bonitas y él trabaja bien. Viaja todo el día en una furgoneta blanca de alquiler y escucha música sinfónica y flamenco mientras trabaja. Lo primero que hace es montar la caseta, que es de madera. Luego pone el tejado para la lluvia. Luego pone la puerta para entrar y salir y luego pone las ventanas para ver el paisaje y la piscina y que entre el sol por el cristal. Luego la pinta. Aunque él nunca me lo ha dicho, yo sé que su trabajo le gusta y no le gusta, porque una vez se lo dijo por teléfono a un amigo. Antes trabajaba en una oficina. Le gustaba menos, pero ganaba más dinero que ahora y todos los meses la misma cantidad. La empresa cerró porque el jefe era tremendo y un desordenado y el banco no quiso darle un préstamo. Algunas mañanas Claudio se queda en casa porque no hay ningún encargo y llama por teléfono para encontrar otro empleo más seguro y se muerde las uñas. Claudio es pianista y en casa tenemos un piano de pared. Le gusta el teatro y leer, aunque no suele ir al teatro y lee poco. Sabe tocar el piano muy bien, pero casi no lo toca porque hace muchísimos se le rompió un dedo. De niño dio conciertos. Una vez ganó un premio, y una pianista extranjera, muy guapa y famosa lo besó y le regaló un ramo de flores. Yo he visto las fotos. Según Claudio, lo mejor de la vida es el arte y la vida sería mejor si hubiera más cultura, diálogo y participación, si los gobernantes y los ricos tuvieran menos codicia y fueran más inteligentes, honrados y artistas».

3
La cumbre del Moncayo

Los tres habían comido en Aracena, en el restaurante El Manzano, donde por quince euros el cubierto les sirvieron un menú del día compuesto de una generosa ensalada verde, un chuletón de buey con abundante guarnición de patatas fritas y vino tinto. Luego se detuvieron en el Mercadona junto a la carretera Sevilla-Lisboa, que circunvala la ciudad por el norte. Víctor había propuesto hacer la compra y cocinar en la casa. Estaba decidido a exprimir lo mejor posible los veinticinco euros de la dieta diaria de manutención. Elena estuvo de acuerdo. Asidua de un establecimiento de la misma cadena en su barrio de Madrid, fue ella la que seleccionó la mayoría de los productos, los mismos que tenía por costumbre comprar y, además, ubicados en las mismas cabeceras y los mismos estantes.

—Eso sí —le dijo a Víctor—, no pienses que por el hecho de ser mujer voy a cocinar para ti todos los días.

—Por el hecho de ser hombre —dijo él—, estoy dispuesto a hacerte la mejor tortilla de patatas que hayas probado nunca.

Jaime, por su parte, insistió en pagar un tercio del gasto, aunque pensaba comer y cenar casi todos los días fuera, no sólo por el placer sibarita de degustar los platos regionales en los restaurantes de la localidad, sino también para tener una disculpa que lo alejara de la rutina de la casa. Había establecido dos sesiones diarias de charlas de trabajo, un par de horas por la mañana, tras el desayuno, y otro par a media tarde. No era poco. Bastaba para mantener sobre la película la atención y las cabezas, que cuando dan vueltas en torno a un asunto, no pueden dejar de hacerlo por completo en ningún momento, ni siquiera durante el sueño.

Mientras Jaime y Víctor se echaban la siesta, Elena se puso el bikini y se tumbó al sol en una toalla sobre el césped, cerca de la alberca, vacía desde el final del verano y con el fondo cubierto de hojas secas. Aunque la temperatura caía de noche por debajo de los quince grados, a esa hora de la tarde alcanzaba los veinticinco. El sol de otoño se derramaba con suavidad, como una caricia. Se podía exponer la cara sin sentir en los párpados esos hierros al rojo vivo propios de los meses de julio y agosto. Tumbada boca abajo, releyó los primeros capítulos de la novela. Luego, con los hombros entumecidos por la postura, se sentó en una silla y apoyó en otra los pies.

Elena había estudiado historia en la universidad, especializándose en historia de España con notas más bien mediocres. Había dedicado menos tiempo a preparar los exámenes que al grupo de teatro aficionado del que formaba parte, con el que hizo sus pinitos de actriz y cuya experiencia la animó a escribir por primera vez. Descubrió la gracia de actualizar las obras del teatro clásico, vertiendo los diálogos a un lenguaje actual y enfatizando los aspectos más humorísticos. Al aligerar los textos para que pudieran ser interpretados por un grupo reducido de actores, nunca más de media docena, podían programarse en las salas municipales, ante un público no muy exigente que sólo pretendía pasar un buen rato. A fin de cuentas, ¿no eran estas mismas gentes sencillas para las que había escrito Lope de Vega sus comedias? El ambiente de las viejas corralas hace cuatrocientos años, con un público que jaleaba a los buenos y pateaba el suelo contra los malos, que en los mejores días lanzaba o flores o tomates, estaba más cerca de las pequeñas salas multifuncionales que de los teatros de relumbrón, teñidos de solemnidad, que servían de escenario para compañías arropadas por las instituciones y patrocinadas por fundaciones privadas. Estos pequeños éxitos y su don de gentes acabarían por llevarla a la televisión.

Claudio, el personaje de la novela, había estudiado historia, al igual que ella. Esta coincidencia y la descripción de sucesos históricos de los años ochenta despertaron su interés por la novela. En esta segunda oportunidad sintió que estaba sacando más partido de la narración, apreciando matices e informaciones que en la primera lectura le habían pasado desapercibidos. Ya no se sentía tan intimidada por ese tocho de más de setecientas páginas, tan denso. Nacida a principios de los años ochenta, en su infancia no había sido consciente de acontecimientos como el referéndum por el ingreso de España en la OTAN, la caída del Muro de Berlín, ni el desmoronamiento de la Unión Soviética. En la novela, esto había tenido un impacto decisivo en el padre de Claudio y en otro personaje, un tal Paco, de profundas creencias cristianas, sindicalista y comunista, que acabaría abandonándose a una profunda depresión. Al retratar a los padres del protagonista, el autor se había remontado mucho más atrás en el tiempo para describir, con breves pinceladas, las penurias de la posguerra y el ambiente gris, sórdido, de la España de la dictadura. Elena había retenido una anécdota: la de los neumáticos recauchutados hasta media docena de veces y las directrices del Gobierno, que aconsejaba no superar los setenta kilómetros por hora y hacer paradas frecuentes para que las ruedas se enfriaran. Pero en la película resultaría más difícil hacer estas incursiones en el pasado: la narración debía transcurrir en pleno periodo democrático, entre mediados de los años ochenta del siglo xx y la primera década del xxi.

El capítulo que más le había gustado era uno de los primeros. Claudio había tenido que renunciar a su carrera de pianista a causa de una lesión en un dedo. ¡Le daba tanta pena el protagonista! «Dejé de tocar el piano a los diecisiete años a causa de una tendinitis, pero no fui el primer vencido por el instrumento ni seré el último». Le pareció todo un hallazgo que el autor, como acentuando la humildad de Claudio, narrase la historia paralela de otro pianista que, muchos años antes y en otro país, había sufrido el mismo trauma. «Hacia 1960, un muchacho de Chicago llamado Richard, intérprete virtuoso y con una prometedora carrera de concertista, comenzó a sentir molestias en el dedo anular de su mano derecha (...). En su apartamento familiar, ubicado en la quinta planta de un suburbio obrero de viviendas subvencionadas, practicaba un promedio de cuatro horas sentado frente a un piano de segunda mano con una acústica más que aceptable. El primer síntoma se presentó como un simple error de interpretación de un nocturno de Chopin (...). Se preparó una infusión en la cocina y volvió a sentarse al piano, y esta vez ejecutó sin contratiempos la pieza. Al día siguiente, sin embargo, volvió a ocurrir. Miró su mano. El dedo anular se había quedado suspendido en el aire, a un centímetro de la tecla, como si la acechara y no se atreviera a pulsarla». El paralelismo empezaba y terminaba aquí, porque aquel pianista reorientó su vida hacia la sociología, «y sus libros, firmados como Richard Sennett, serían publicados y traducidos a decenas de lenguas, y miles de lectores siguen aprendiendo de las experiencias que narra en ellos y de sus análisis». Por el contrario, Claudio se matriculó en la carrera de historia, que no llegó a finalizar, y malgastó su primera juventud en trabajos precarios, como el de butanero o reponedor en unos grandes almacenes, embarrado en la amenaza del paro y en la desorientación. «(...) soñé que arrastraba un dedo enorme por una cuesta del barrio de Hortaleza, camino de la parada del autobús. Cuando se me dictaminó la dolencia, vi la oportunidad de descansar, de arrumbar por una temporada un instrumento que ya resultaba demasiado exigente para mi capacidad. Podía haberme sometido a una cirujía delicada, que con el tiempo se ha ido perfeccionando, pero deseché tal recurso. Yo no era un virtuoso, y aunque había dado algunos recitales en casas de cultura e incluso gané un premio local, conocía a media docena de jóvenes en Madrid que tocaban no peor que yo y tenían tanta o más vocación (...). A mis padres les habría gustado que yo fuera como Richard y me convirtiera en un buen profesional de alguna disciplina, con la maleta repleta y el camino allanado. Yo sólo quería encontrar un trabajo, en cualquier cosa, y ganar un sueldo».

En la reunión de la tarde, Jaime estuvo de acuerdo con la necesidad de introducir esta faceta de Claudio.

–Ese capítulo sobre el piano es muy interesante y nos ofrece muchas posibilidades –reconoció–. La personalidad de Claudio está marcada por esta frustración temprana...

–Podríamos presentar al Claudio joven sentado al piano –dijo Víctor–. Practica en su piso. Un piso humilde y una habitación sencilla. Sus padres se asoman al vano de la puerta y le miran con orgullo. He preparado algo esta situación. Luego, durante un concierto, con la presión añadida del público, desafina al tocar la misma melodía. A continuación, despacho de un médico, que consulta unas radiografías y le da el diagnóstico.

–¿Estás seguro de que una tendinitis se apreciaría con radiografías? –preguntó Jaime. A la vista del desconcierto de Víctor, añadió–: La idea es buena. Tenemos que consultar eso con un especialista. En la siguiente escena, podemos tener a Claudio llorando en la cama; su padre, o su madre, entra en el dormitorio y le habla sobre el modo de encarar el futuro, de la necesidad de acabar los estudios medios y de decidirse por alguna carrera. La música de piano estará de fondo en toda la película.

Jaime pensó que las escenas más importantes podían subrayarse con la misma melodía de piano, incluyendo la desafinación del dedo lesionado que no acierta con la tecla o pulsa la equivocada.

–Yo tenía un amigo que tocaba el piano –dijo Elena–. Había forrado las paredes de su habitación con cartones de huevos...

–Toma nota de ese detalle, Víctor, por favor –dijo Jaime.

–Salí una temporada con él y sus amigos, todos músicos. ¡Eran una panda de borrachines! El que no bebía whyski tras whyski le daba al vodka.

–Tendrá cirrosis... –insinuó Víctor.

–Ay, no sé. Hace mucho que no lo veo. ¡Pero supongo que sí!

Estaban sentados en las sillas plegables en el salón de la primera planta, formando un círculo y sin una mesa en la que apoyarse. En aquella pieza había más luz que abajo, gracias al ventanal que daba a la terraza. Elena se había puesto sus gafas de hipermétrope y había cruzado las piernas. Vestía falda y le pareció que Jaime le miraba de vez en cuando las rodillas. Víctor se removía incómodo en la silla.

Como sostenía un ejemplar de la novela en la mano, había dejado la libreta y el bolígrafo a sus pies, pero cuando debía tomar apuntes, recogía de nuevo la libreta del suelo y ponía en su lugar el libro.

–Todos estos capítulos sobre los primeros empleos de Claudio y su paso por la universidad son quizás lo... menos acertado de la novela –prosiguió Jaime, mirando a Víctor a los ojos–. ¿No te ha dado la sensación de que se producía como un frenazo en la narración? Pienso que habría que llegar antes a la aparición de Beatriz, ella es el alma de la novela.

–Sin embargo... –contestó Víctor–. Sí, es posible. No sé...

–¿Sin embargo...? –le animó Jaime a continuar.

–Quiero decir que... Claudio y Beatriz son caracteres antagónicos. El carácter vital de Beatriz cobra más fuerza cuando... cuando es Claudio el que la observa –No encontraba las palabras. Sabiendo perfectamente lo que pretendía expresar, su mente buscaba el modo de convencer a Jaime, un interlocutor que sentía distante y reacio. Pero se estaba enredando. Hizo un esfuerzo por ser más concreto–: Claudio es una persona... frustrada, está claro; por el piano, pero también por trabajos que no le satisfacen, por intentar seriamente estudiar en la universidad y tener que dejarla... hastiado de la falta de disciplina y el desinterés de la mayoría de sus compañeros... de la actitud negligente de los profesores... "Desanimado" sería la palabra.

–Es lo que coloquialmente llamaríamos un aguachirle –dijo Jaime.

–Que no tiene sangre en las venas, vamos –remachó Elena.

–Pero también es más lúcido, más crítico que los demás... –siguió Víctor.

Jaime arqueó las cejas, mostrando expresivamente su desacuerdo.

–Pero la cuestión –enderezó Víctor la conversación– es que él, más que enamorarse de Beatriz, la admira. Admira a esa mujer que padece una enfermedad crónica y sin embargo es alegre, y peleona, que se ilusiona con todo lo que emprende, que es capaz de reinventarse a sí misma una y otra vez, que aun siendo menor de edad escapa de su familia y de su pueblo y sale adelante en una ciudad como Madrid, que se costea sus propios estudios.... Claudio sería su cara opuesta. Se enfrentan a la misma realidad, pero... pero sus talantes son completamente diferentes. Claudio se rinde al comienzo de la batalla, Beatriz es una luchadora...

–Bien, bien –le interrumpio Jaime, alzando levemente las palmas de las manos–, pensemos con calma.

Siguió un silencio incómodo. Había remarcado la palabra "calma". Jaime se sentía molesto. No tanto por lo que Víctor decía como por su tono. Sin darse cuenta, éste había ido elevando la voz, empujado por sus propias palabras.

Por la mañana, Víctor había escuchado una conversación entre Jaime y Cristina, la mujer del productor. Él adelantó que se suprimirían las escenas más políticas de la novela, como las asambleas universitarias. Tampoco consideraba pertinente introducir en la película las huelgas contra las contrarreformas laborales del Gobierno de la época. El personaje de Paco, el cristiano comunista, era muy atractivo, pero se alejaba del relato principal. "Para ubicar la película en su tiempo histórico –dijo–, introduciremos en encuadre algún cartel callejero o la pintada de una fachada. Es una pena, pero esas escenas no tienen cabida". Cristina mostró su conformidad y Víctor tuvo la impresión de que había un acuerdo previo sobre estos asuntos entre el director y los productores.

Eran, por tanto, temas que Víctor ya había dado por perdidos, pero ahora, al menos, intentaba introducir en el guión las circunstancias laborales y académicas de la juventud de Claudio, sin las cuales no podía entenderse su evolución posterior.

—Estuve hablando con el autor sobre esto —dijo, comedido—. Me insistió mucho en la idea de retratar... de contar las experiencias de Claudio en la universidad y el trabajo. España ha cambiado mucho en los últimos años. El último gran retrato de la universidad española es de hace ya un siglo, en *El árbol de la ciencia*, de Baroja. Habría que actualizarlo.

—¿Qué tiene que ver Baroja en esto? —Jaime torció una sonrisa, que quedó marcada en su rostro unos segundos. Luego, asegurándose de que Víctor, confuso, había callado, continuó—: Olvidémonos del autor. Tenemos entre manos una película de ochenta, noventa minutos. El lenguaje cinematográfico establece sus propias exigencias. No podemos andarnos por las ramas ni dar rodeos. Antes del primer cuarto de hora, debemos presentar a Beatriz... Centrémonos en esto, por favor. Os lo pido a los dos... Pensad en Beatriz. Tenemos a una jovencita adorable, que padece una enfermedad cardiovascular y que llega a Madrid con su madre para pasar un reconocimiento médico de rutina. Es alegre y bonita.

—Se alojan en casa de Claudio —dijo Elena, consultando sus anotaciones— porque las dos familias se conocen. Pero, en principio, Claudio muestra interés por la hermana mayor, que es una cabecita loca. Salen de copas por el centro de Madrid, por Malasaña, y alquilan una habitación en un hostal. Es la hermana, Susana, la que ha dado el primer paso, porque Claudio es un poco parado. Entretanto, Beatriz se ha quedado enfurruñada en casa; le habría gustado salir con los mayores, pero su madre, una mujer estricta y anticuada, que todavía viste de luto, no le ha dado permiso.

–Eso es –dijo Jaime, poniéndose en pie y sacando su paquete de puritos del bolsillo–. Sigamos ese hilo... Salgo a fumar a la terraza. Ahora continuamos.

Víctor estaba irritado consigo mismo. ¿Por qué había sacado a colación a Pío Baroja? Era un comentario fuera de lugar. Tenía la amarga impresión de haberse dejado llevar por su ego y de buscar la confrontación en lugar de hacer propuestas claras y concretas. Dando por supuesto el "no", había intentado doblegar el criterio de Jaime, ahogando la posibilidad de conciliar ambas posturas. Pero la película necesitaba tratar durante unos minutos la rutina laboral y de estudios de Claudio. ¡Desde luego que sería imposible incorporar al metraje todos los conflictos sociales de la novela! La solución era, simplemente, condensarlos en unas pocas escenas breves. Como un resumen en imágenes. Jaime no se habría opuesto a una solución concisa, que salvara parte de lo importante. Y aunque ahora sentía embotado su pensamiento, anotó algunas ideas para recuperarlas más tarde. "La vista de un aula universitaria abarrotada en la que Claudio asiste a clase, con el asiento contiguo vacío. Mira el reloj de pared y, antes de que suene el timbre, ya está recogiendo los libros. Su carrera por la calle hasta la boca de metro, escaleras abajo hasta el andén, para subirse al vagón en el momento en que cierra sus puertas. Vestido de uniforme de faena en un hipermercado, tirando de un traspalé y reponiendo productos en las estanterías. Por la noche llega a casa y en la cocina se prepara un bocadillo con el filete que su madre le ha dejado en un plato. Se encierra a cenar en su habitación. Cabecea somnoliento sobre el escritorio..." Al día siguiente, pensó Víctor, se le vería caminando solo por el campus o estudiando en la biblioteca. Luego, de nuevo en el trabajo, le llamarían a un despacho para recordarle que su contrato terminaba dentro de quince días y para que firmara el cese. ¿Qué nombre tenía aquel periódico de anuncios gratuitos? Claudio compraba en el quiosco un ejemplar del *Segundamano* y, desde una cabina de teléfonos, llamaba a las ofertas de empleo. Iba tachando las que ya estaban cubiertas... Dos minutos, calculó mentalmente Víctor. Tres minutos bastarían para sugerir la actividad diaria y las tribulaciones del protagonista, también su desencanto de la universidad, quizás mediante un desencuentro con un profesor. En un retazo de conversación con sus padres, expresaría sus dudas sobre continuar con la carrera o abandonarla.

—Odio el cine —le había dicho el autor durante la velada en el apartamento de Carabanchel, mientras volvía a servir vino en las copas.

—No hay muchas personas hoy día que compartan esa opinión... —respondió Víctor.

—Ya me he acostumbrado a estar en minoría —Sonrió.

Víctor le contó que en una Feria del Libro de Madrid, en la que ayudaba a atender la caseta de unos amigos editores, un paseante, después de hojear el catálogo de novelas, le dijo que prefería esperar a que sacaran las películas. "¿Para qué perder diez horas leyendo lo que puedo ver en sólo una?"

—Era un bromista —apostilló el autor.

—Me sigue quedando la duda —confesó Víctor.

El autor era de la opinión de que el cine había desplazado al teatro como espectáculo popular. Había utilizado la expresión "arte de masas", que a Víctor le resultó desagradable. Sostenía que los vanguardistas de principios del si-

46

glo xx, sobre todo rusos y estadounidenses, habían acertado cuando atribuyeron al cine el papel de "arte total", capaz de integrar muchas artes: la literatura, la interpretación, la música, la danza, las artes plásticas... Todas las experiencias estéticas reunidas y agitadas en un gran cóctel.

–Pero ¿cuánto nos hemos dejado por el camino? –decía–. La música en el cine se ha convertido en un factor que enfatiza las emociones y los clímax de la historia... Hay incluso mucho de truco, cuando las limitaciones de la narración se tapan con un par de compases dulzones o que pretenden despertar tensión... o miedo. La pintura se ha refugiado en los decorados. Lo peor del surrealismo, lo más inocente, son aquellos decorados de Dalí en la escena del sueño de *Recuerda*, la película de Hitchcock.

–Sin embargo –dijo Víctor–, ahí está *Un perro andaluz*, de Buñuel y el propio Dalí, más impactante que muchos poemas surrealistas de la época.

–Sí, bien, es posible. He puesto como ejemplo el surrealismo, que, en realidad, no es una corriente narrativa... Pero es cierto, tienes razón, cuando el cine se plantea como arte autónomo, según sus propias reglas, hace obras muy interesantes. Qué leches, hay películas cojonudas. No me entiendas al pie de la letra cuando digo que odio el cine. Hay películas apasionantes. Pero lo peor es su tendencia a suplantar a las otras artes. Y me asusta que la narrativa literaria intente parecerse a él. Se habla incluso de novelas cinematográficas...

–Nunca he estado de acuerdo con esa etiqueta –dijo Víctor–. Como si lo que se cuenta en palabras fuera lo mismo que se cuenta en imágenes. Puede coincidir el argumento, partes de diálogos, algunos paisajes descritos o la conducta de algunos personajes. A veces he leído calificar así a novelas anteriores a la invención del cine, lo cual es absurdo....

simplemente porque una narración sea eficaz y dinámica... ¿Son novelas cinematográficas las de Julio Verne?

En opinión del autor, el cine había tenido un efecto nocivo en la cultura contemporánea. Su hermana menor, la televisión, había rematado la faena. El lenguaje visual había recuperado el protagonismo del que ya había gozado en la Edad Media. Los artistas medievales se expresaban mediante relieves y pinturas, y el pueblo, hasta la más ignorante de las personas, podía leer de algún modo aquella figura de un santo, tras la cual se exponían una leyenda, una fábula y una enseñanza moral.

—Ahora es casi peor —añadió—, porque el público se limita a digerir las imágenes, sin interpretarlas. Todo el potaje se le da cocinado y masticado. Se incentiva la pereza mental. ¿No te parece sospechoso que las dictaduras y los sistemas totalitarios hayan invertido tanto en noticiarios audiovisuales y en fomentar una industria nacional del cine?

—Pero también Hollywood...

—Ah... sobre esto no me llevo a engaño, Víctor. La fábrica de sueños... También se puede conseguir que la iniciativa privada camine al compás... Los momentos más brillantes y democráticos de la historia, los periodos de verdadero progreso, coincidieron con la reivindicación de la palabra y del debate. Los humanistas del Renacimiento y la invención de la imprenta, la Ilustración francesa y la proclamación de la República, incluso los sofistas griegos, que pululaban por el ágora de Atenas hace dos mil quinientos años...

Víctor pensó que el autor se estaba dispersando.

—Sin embargo —le rebatió—, durante la comida dijiste que en el siglo xx se habían escrito algunas de las mejores novelas de todos los tiempos...

El autor se quedó pensativo. Se encogió de hombros, como si no supiera qué contestar, reconociendo en su conciencia que algunos hechos no terminaban de encajar en la hipótesis que acababa de plantear. Víctor miró alrededor, hacia las librerías. El recibidor de la casa, el pasillo, el salón, estaban llenos de libros, desde el suelo hasta el techo. En los estantes inferiores, había gruesos volúmenes de arte, antologías de pintura y de fotografía...

Durante un verano en Argaelo, Claudio, que volvería a encontrarse con Beatriz y su hermana, trabó amistad con un fotógrafo. Maestro de escuela como su padre, y amigo de juventud de éste, había reunido a lo largo de los años una enorme colección de paisajes de la comarca: vistas de los barrancos y de los valles, de caminos que en días de niebla se pierden en el páramo, bosques de quejigos y choperas. Pero también simples encuadres de formaciones rocosas lamidas por el sol, cortezas de pino con gotitas de ámbar suspendidas como lágrimas, lechos de hojas muertas, un rebaño de ovejas que sestean en el prado como un mar de nubes... fotos de objetos y animales de los que, a la primera mirada, se destacaban su textura y su forma. Y campos arados que parecían dibujos en la tierra hechos por gigantes. En muchas de las fotografías se apreciaba al fondo la cumbre sobria del Moncayo.

Víctor pensó que aquel fotógrafo aficionado, Tomás, tenía algo de alter ego del propio autor. «Me gusta la luz, me gusta la belleza del campo, su textura. ¡Ojalá también se pudiera recoger el olor en las fotografías!» le decía el fotógrafo a Claudio, mientras le enseñaba los procesos del cuarto oscuro. «¿Exponer? Las puertas de mi casa están abiertas». Sin propósito ni plan, la vivienda se había convertido en un caótico museo. Claudio pasó tardes enteras en casa de Tomás revisando las cajas de zapatos llenas de copias en papel en blanco y negro y proyectando en la pared las diapositivas en color. Aprendió a mirar las fotos y a dejarse impregnar por ellas despacio, con la misma paciencia con la que Tomás sumergía el papel en las bandejas con químicos.

Hacia el final del verano, ascendieron juntos el Moncayo. Llegaron exhaustos a la cima, después de tres horas de marcha, e hicieron noche en ella, durmiendo al raso en sus sacos. Más que contemplar el paisaje, lo vivieron. «Fueron jornadas que nunca olvidaré. Con sus fotografías, Tomás no pretendía tan sólo capturar la belleza ni transmitir una impresión estética. Se servía de ella para acomodarse a los ritmos de la naturaleza, para integrarse en ella. Me recordó la disciplina serena del arte, el valor sin precio de las obras hechas con amor, bien hechas, simplemente bien hechas. Como un cazador, Tomás podía apostarse una larga tarde en un paraje, a la espera de que la luz idónea tiñese la superficie de una roca con los mejores tonos. Porque, me dijo, la técnica es necesaria. Por sí misma vale poco, pero la búsqueda de la perfección técnica en el arte era, en fotografía, en pintura, como en literatura o en música, uno de los síntomas de la lucha del hombre por afinar su inteligencia y su sensibilidad».

4
Beatriz se corta el pelo

Aún no había cumplido los dieciocho años cuando Beatriz salió al amanecer de su casa en Argaelo con nada más que una maleta, caminó renqueando hasta el cruce con la carretera general y tomó el autocar que la llevaría a Madrid.

La noche anterior, sentada frente al espejo del tocador de su dormitorio, se había cortado a tijera, con rabia y lágrimas en los ojos, su melena larga y rubia.

Con aquella escena del corte de pelo y la inmediata partida del pueblo concluía la primera de las tres partes de que se componía la novela. También tendría la suficiente fuerza, en opinión de todos, para marcar un antes y un después en la película.

—Me ha recordado una situación parecida de *La Regenta* —dijo Elena.

La escena que se le había quedado grabada en la memoria no procedía directamente de la novela de Clarín, que no había leído, sino de una de sus versiones cinematográficas.

—¿No era Aitana Sánchez-Gijón la que hacía el papel? —se preguntó en voz alta.

–¡Ah, sí! Ya recuerdo –dijo Jaime–. Una interpretación estupenda...

Elena ni siquiera estaba segura de si la Regenta se cortaba la melena o simplemente se soltaba el pelo. Aquella noche había hecho penitencia pública caminando descalza por las calles empedradas, a la vista de todos los vecinos. Aquellos hipócritas que la miraban asomados a las ventanas, celosos guardianes de la moralidad, se reían para sus adentros de la candidez de la hermosa mujer, incluso avergonzados de presenciar un ritual que, de ser sincero, habrían considerado obsceno. Impelida a hacerlo por su confesor, se había sentido tan ridícula dejándose llevar a tal muestra extrema de religiosidad, que para ella significó, más que la gota que colma el vaso, la constatación de hallarse en una senda falsa, contraria a las verdaderas inclinaciones de su sensualidad y de su espíritu.

También Beatriz se había sentido en el punto de mira de todos sus vecinos, al mismo tiempo empujada y juzgada. El que había sido su novio desde la pubertad, Ricardo, se había quitado la vida de un disparo en el pecho días después de que ella le expresara su deseo de romper la relación. ¿Cuántos en el pueblo conocían aquella circunstancia? Quizás nadie, puede que algunos la intuyeran. Pero Beatriz leía acusaciones en cada mirada y en cada frase de pésame. A una edad en la que aún vivimos como un juego, ella se veía confrontada a ostentar un duelo que no lograba sentir. Sin haberse casado, sin haber formado una familia, las ropas negras de su luto impuesto la señalaban ante sus compañeros de clase y de vecindario como una viuda precoz. Ellos seguían siendo unos niños, mientras que ella representaba sin convicción el papel de una mujer con el porvernir roto. Durante el velatorio, un muchacho de su misma edad se atrevió por fin a entrar en la sala iluminada por velas. Al pasar ante el ataúd descubierto y ver al muerto de cuerpo presente, su rostro palideció. Más angustiado que triste, saludó a la madre de Ricardo: "Señora, mi más sentido pésame", y le dio dos besos. Luego se dirigió a Beatriz y, con torpeza, le dijo las mismas palabras, "Mi... mi más sentido pésame", y le dio los dos mismos besos en las mejillas. Ella bajó la mirada, avergonzada.

El productor, Lisardo, que los acompañaba en esta sesión, había dado tres aplausos, cadenciosos e histriónicos, cuando Víctor leyó el resumen de la escena.

–Estupendo –dijo Lisardo, poniéndose en pie–, estupendo. Enhorabuena, Jaime. Tú y tu equipo estáis haciendo un muy buen trabajo.

–Espera un poco –contestó–, sólo hemos alcanzado la primera media hora de la película, más o menos un tercio.

–Después de esto es cuando la protagonista se fuga a la ciudad, ¿no es así?

–Sí, eso es. Se marcha a Madrid.

Lisardo se sintió aliviado.

–Por nada del mundo quiero interferir en vuestro trabajo. Pero tú, Jaime, habrás tenido en cuenta que las escenas en el pueblo deben ser las imprescindibles...

–Descuida, descuida. Todos tenemos en cuenta que debemos evitar en la medida de lo posible los exteriores y todo lo que implique traslados de todo el equipo.

Jaime pensaba en el elevado coste de rodar en el campo, con los imprevistos meteorológicos y de equipamiento que esto conllevaba. Lisardo, que daba estos inconvenientes por descontados y archisabidos, consideraba en ese momento, por el contrario, el escaso interés que el público solía mostrar por las películas rurales, que tendía a asociar con el pasado.

Lisardo amaba el campo y la caza. Era propietario de una finca de veinte hectáreas en Segovia, en los alrededores de Riaza, y casi todos los fines de semana él y su mujer escapaban de Madrid para refugiarse en ella. Un matrimonio de guardeses vigilaba y mantenía la propiedad a cambio del alojamiento en una casa aneja a la principal y del arriendo junto al arroyo, por un precio simbólico, de una buena porción de terreno, que habían convertido en una productiva huerta. Para las temporadas más largas disponían de la casa en Aracena, un inmueble de fachada modernista de tres alturas con un patio central cerrado por un tragaluz. Se trataba de una herencia de la familia de Cristina. En toda la sierra abundaban los cotos de caza. Cuando se abría la veda, los caminos y senderos se llenaban de vehículos todoterreno, caballos y gentes de pana marrón y botas de cuero. Lisardo formaba parte de una asociación de cazadores y a veces hacía noche en casas de montería para salir al rayar el alba con la escopeta al hombro. Desde luego que era consciente del rechazo de la práctica de la caza deportiva por parte de los que él llamaba "puritanos de la naturaleza". En su opinión, tenían una imagen idealizada del campo, pero ni lo trabajaban ni lo comprendían, y rara vez hacían algo por él. La caza era mucho más que un ejercicio físico, de estrategia y destreza. Lisardo se sentía un iniciado en un saber ancestral. Cuando disparaba y se cobraba una pieza, él era otro eslabón necesario en el ciclo interminable de la vida, la reproducción y la muerte. Ni él mismo conseguía poner palabras a los sentimientos que le inspiraban el campo y los animales, el respeto por el ciervo abatido y la alegría de contemplar con prismáticos un apareamiento o un parto, así que, con mayor motivo, nunca había intentado explicárselo a nadie. Cuando en una conversación con extraños surgían estos temas, los evitaba. Desde luego que, acostumbrado a separar lo personal de lo profesional, jamás se había planteado producir una película sobre el mundo de la caza.

A causa de su largo vuelo desde Los Ángeles, había tenido la cabeza embotada los dos primeros días. Ni siquiera esas pastillas que solía tomar para el *jet lag* surtieron esta vez efecto. Había estado en cama más de veinticuatro horas, en un duermevela propio de un bebé. A veces, al abrir los ojos, la cama giraba y él debía poner la punta del pie en el suelo para detener esa sensación y el vómito que parecía acudir a su boca. Cuando se levantó por primera vez, para ir al servicio, le dolían los riñones. Permaneció levantado varias horas, hasta el atardecer. Recorrió en bata la casa, desde la planta baja hasta el desván. No había nadie. Le apetecía comer algo, y se subió un platito con aceitunas al cuarto de estar de la segunda planta. Sentado en la butaca, alternando las aceitunas con un whisky con hielo, contempló las osamentas de venados expuestas en lo alto de las paredes, los trofeos y fotografías y las vitrinas con escopetas. Sacó una de ellas y la sopesó en sus manos. Apuntó con ella hacia una de las osamentas, un palmo por debajo, justo hacia el lugar en el que debió de encontrarse el entrecejo del animal y donde ahora había simplemente una chapa dorada grabada con el año en el que había sido abatido. Las ventanas del cuarto daban a una plazuela. Se asomó con la escopeta al hombro y, a medias oculto por los visillos, miró a una pareja sentada en un banco y a una anciana vestida con pobreza que esparcía por el suelo pedazos de pan duro para los pájaros. Se acordó de una escena cinematográfica: un hombre de barba blanca y, como él, en batín, apuntando desde la ventana de su casa a los transeúntes con una escopeta descargada. En seguida identificó al actor, Fernando Rey, y la película, *El discreto encanto de la burguesía*, de Luis Buñuel. No había vuelto a verla desde aquella temporada de su juventud en la que él también lució en la frente el desprecio por los propietarios burgueses. Creían que el mundo podía cambiarse con cine, con literatura... Pum, pum. Fernando Rey fingía disparar contra un joven progre que, al verlo, huía asustado. Hasta ahora no se le había ocurrido que la escena podía interpretarse justo al revés: eran las armas, la fuerza, las que imponían una visión del mundo.

Para Lisardo, las escopetas estaban cargadas de responsabilidad y debían contemplarse como objetos sometidos a una función limitada. Igual que un mechero debía utilizarse sólo para prender un cigarrillo o el fuego de una chimenea, una escopeta se limpiaba y calibraba con el único objeto de prolongar el ojo y la mano en las jornadas de caza. Sólo una vez le había traicionado el temperamento. Diez años atrás, cerca de la cola del pantano, frustrado por un día de cacería aciago, oyó un gruñido familiar a su espalda y, dándose la vuelta, disparó contra el animal, que cayó sobre su costado. Era un ejemplar de cerdo ibérico. Cuando se aproximó al cuerpo tendido, aún le latía una vena en el cuello, y los ojos vidriosos parecían mirarle sin entender. Lo remató de un segundo tiro. Otros cerdos de los alrededores, que se habían detenido al primer disparo, se dispersaron con el segundo y pronto reemprendieron su búsqueda de alimento hozando la tierra. Tuvo que indemnizar al ganadero con una cantidad desorbitada. Pero era cierto que su acto reflejo no tenía disculpa. No hubiera resultado creíble el pretexto de haber confundido al cerdo con otra especie. Pero ¿cómo era posible que, después de diez años, siguiera sintiendo angustia al pensar en el suceso? Durante un tiempo, un bromista hizo correr el mote de "matacerdos". El suceso cayó enseguida en el olvido. Hoy ya nadie en Aracena se acordaba del percance, excepto él mismo.

Al tercer día de su estancia en la sierra, Lisardo se sintió lo suficientemente despejado como para visitar a los guionistas. Se había levantado de madrugada, cansado, saturado de cama, y esperó a que abrieran los comercios para coger el coche. El día amaneció luminoso y cálido. Se detuvo en un polígono industrial a la salida de la ciudad y compró un jamón ibérico de bellota. La dependienta, vestida con una bata y un gorrito blancos, le escogió uno de siete kilos y medio: tanteó el jamón con unas palmaditas, como quien le da unos azotes, y le introdujo junto a la pezuña una cala de plástico, parecida a un punzón, que se acercó a la nariz y luego le dio a oler.

—Éste está bueno... Huela, huela...

—Está muy bien curado. Qué olor tan profundo...

—Se nota que usted sabe...

Cuando llegó a la casa rural, los tres estaban sentados a la mesa del jardín, a la sombra de los chopos, y tomaban un segundo café. A Jaime le había parecido un buen lugar para la reunión de trabajo de la mañana, tan soleada. Vieron venir el coche de Lisardo por el camino, y cuando aparcó junto a la casa, se levantaron para recibirlo.

Lisardo depositó el jamón sobre la mesa.

—Un regalo —dijo—. Si no os gusta, decídmelo para que os tache de mi agenda.

Jaime y Víctor le tendieron la mano. Cuando Elena hizo lo propio, él se la giró, tomándola por los dedos, y sin dejar de mirarla a los ojos, teatralmente, besó sus nudillos.

—Señorita... Es un placer conocerla. Las alabanzas de mi mujer no eran injustas.

Elena respondió fingiendo una reverencia, retrasando un pie y doblando ligeramente las rodillas. Con ambas manos, sostuvo el vuelo de una falda imaginaria.

—Caballero... El placer es mío.

—Pensábamos que nunca despertarías de tu largo sueño —dijo Jaime—. ¿Un café? Está caliente.

–Sí, gracias –respondió, tomando asiento–. ¿Ya conocéis la ciudad? Hay mucho que ver en ella: el castillo, la iglesia prioral, el Cabildo... A la gente también le gusta mucho la Gruta de las Maravillas... La entrada está en pleno casco urbano. Habréis visto carteles por todas partes. El nombre quizá suene un poco rimbombante...

–¿Son mejores que las de El Águila, en Ávila? –se interesó Víctor.

–No lo sé. Supongo que lo peculiar es eso, que la cueva se encuentra debajo del castillo, en pleno centro de la ciudad... Pero, por vergüenza que me dé decirlo, no he visitado nunca la gruta, aunque tengo la entrada a doscientos metros de casa.

–Suele ocurrir –dijo Jaime–. Es como quien vive en Madrid y no ha visitado nunca el Museo del Prado.

Hubo un silencio y Lisardo miró alrededor.

–Espero que estéis a gusto. No conocía este paraje. La casa la escogió Cristina, suele tener mucho gusto para estas cosas.

–El lugar es precioso –dijo Elena–. Me encantan las encinas, sobre todo esas del tronco rojo.

–Oh, no –sonrió Lisardo–. Ésos son alcornoques... Se les hace la saca del corcho... Cada nueve años se les quita el corcho, y el tronco queda desnudo, con ese color bermellón tan intenso, rojo.

–Ay, qué tonta soy, por favor –dijo Elena–. Es verdad, el corcho de los alcornoques.

–La encina y el alcornoque pertenecen al mismo género, como el quejigo y el roble. Si te fijas –dijo Lisardo–, el tronco del alcornoque es más rugoso que el de la encina. También suelen ser más altos, y las hojas, en fin, desde la distancia no se puede apreciar, pero son aserradas.

–Imagino que confundir un alconornoque con una encina es, no sé, como confundir un semáforo con un farol –dijo Elena, sonriendo–. No tengo ni idea de las cosas de campo. No conozco el nombre de ninguna planta...

–Eso tiene fácil solución. Se aprende observando, de la mano de un guía. Mañana o pasado voy a dar un paseo a caballo. ¿Te apuntas? –Lisardo miró a Jaime–: Si el jefe nos da permiso, claro.

Jaime ocultó su expresión llevándose la taza de café a los labios.

–Tampoco sé montar a caballo... –dijo Elena.

–Por eso no te preocupes –dijo Lisardo–. No serás tú la que monte el caballo, sino el caballo el que se dejará montar –Luego precisó–: Como eres novata, tu montura irá atada a la mía.

Víctor sentía una antipatía visceral por el productor. Por más que no tuviera ningún motivo personal, ninguna queja guardada, y que el trato que Lisardo siempre le había dispensado fuera correcto y amable, le consideraba una persona cuadrada. ¿Qué entendía por una persona "cuadrada"? Alguien que en su comportamiento y actitudes se ceñía a un patrón ya cortado, que parecía disponer de una norma y una regla para cada situación de la vida. La propia hija mayor de Lisardo, que también se llamaba Cristina, como la madre, y gracias a la cual Víctor había obtenido el trabajo, era de la misma opinión. "No te gustará mi padre", le advirtió. "Nunca se desvía de sus propósitos, nunca da una opinión si eso puede ponerle en una situación incómoda, nunca exterioriza su afecto a no ser que eso refuerce ante los demás su autoridad o su imagen de buen padre de familia y buen amigo de sus amigos, nunca se muestra dubitativo ni cansado, nunca le he visto llorar. Nunca, nunca, nunca. Siempre es cordial, siempre lo verás en plena forma, siempre se presenta bien vestido, siempre encuentra una posición intermedia en las conversaciones, sin fisuras... Mi padre es como un robot, Víctor".

–Hoy se han esfumado mis últimas ilusiones de que con mi novela se haga una buena película –le había confesado el autor–. No me gusta el productor, en su interés por la película no hay inquietud intelectual, no he apreciado el menor atisbo de querer contar una historia. Porque contar una historia no es una tarea mecánica. Hay que sugerir un modo de sentir la vida. Una novela, como supongo que una película, es un estado mental. ¡Por favor! ¿Qué harán el productor y el director con los personajes? Se quedarán con aquellos rasgos exteriores que mejor les ayuden a producir un efecto superficial en el espectador, eso es todo.

El autor le explicó que trabajaba cada personaje, hasta el más despreciable, para intentar que se entendieran sus motivaciones profundas. El padre de Beatriz, Alfonso, era un exfalangista cargado de rencor, autoritario, machista, ideologizado hasta la médula. Hacia el final de la narración, se desvelan sus pensamientos más íntimos. «Se asomó al dormitorio de Beatriz y la estuvo contemplando desde el umbral mientras dormía. Se había quitado la mascarilla del oxígeno, que reposaba a un lado sobre la almohada: su hija parecía tan abandonada al sueño como cuando era niña. ¿Cuántas veces las últimas senamas estuvo a punto de pedirle perdón por no haberla comprendido y apoyado? Intuía que nunca lo haría, que ninguna palabra saldría de su boca si no estuviera acompañada de un "pero", una autojustificación o un reproche velado. Sentía un nudo en la garganta. A fuerza de no parpadear, le ardían los ojos, y durante un instante deseó que Beatriz despertase y reconociese la pesadumbre en su rostro, aunque sabía que él huiría, como siempre, para no mostrarse débil».

–En la vida, siempre estamos juzgando a los demás, incluso a los que queremos –dijo el autor–. Es algo que nos sostiene en pie. Al juzgar, nos definimos a nosotros mismos, nos reforzamos. Pero al escribir una novela no puedes permitírtelo, porque del escritor sólo debe quedar una sombra en el texto. A veces pienso que escribo para no tener que juzgar.

El personaje de Ricardo, el novio de Beatriz, también se prestaba a convertirse en un simple estereotipo. Cinco años mayor que ella, su relación había sido tutelada por las dos familias. Era huérfano de un guardia civil, asesinado muchos años atrás, y seguía viviendo con su madre en la casa cuartel. Era un obseso del deporte y tenía un carácter reservado y hosco.

Elena leyó su descripción de Ricardo:

–Metro setenta, delgado y fibroso, moreno. Constitución nerviosa. Viril, viste en tonos marrones. Trabaja en la carpintería metálica del pueblo. Conduce un coche potente y caro, por encima de las posibilidades de su empleo. No bebe ni fuma. Es celoso. Todo su tiempo libre lo dedica al ejercicio físico. Juega al fútbol en el equipo local y tiene dos mancuernas en su habitación, con las que se ejercita sin descanso. Las tardes de los domingos las pasa en el bar viendo los partidos y resúmenes de la liga y por las mañanas sale a cazar.

–En definitiva, el estereotipo de un macho hispano –observó Víctor en voz baja, con sarcasmo. Involuntariamente, miró a Lisardo, cuando se dio cuenta de que su comentario podía haber molestado al productor. Pero el semblante de éste no expresaba nada. Escuchaba complacido a Elena y ni siquiera parecía haber oído a Víctor.

–Hay una escena muy... es una escena muy fuerte –dijo Elena–. Cuando Ricardo ve a Beatriz con sus compañeros de clase en la plaza. Alguien le ha pasado un pitillo y ella le da una calada. Entonces Ricardo se acerca, le quita el cigarrillo de la boca y le da una bofetada. "Si te ve tu padre, te mata", le dice, y luego la coge de la mano y la lleva a casa. Más que un novio, parece su guardián...

–En la secuencia de hechos que tienen lugar en Argaelo –dijo Jaime–, hay que comenzar por presentar a Beatriz como una buena estudiante, aficionada a la pintura de pájaros y plantas, y una chica muy formal. De esta manera, su marcha del pueblo tendrá un sentido aún más traumático.

–La escena de la clase –dijo Víctor.

–Sí –afirmó Jaime, acompañándose con un movimiento de la cabeza.

–La profesora saca a la pizarra a Beatriz para que resuelva una ecuación matemática y la pone como ejemplo ante su clase –continuó Victor–. No sólo ayuda a definir la personalidad de Beatriz, sino que crea una continuidad emocional con aquella escena de Olga leyendo su redacción.

–Tenemos que trabajar esto y la escena del cigarrillo en la plaza –dijo Jaime–. Pero hay una cosa que me preocupa. Dos bofetadas son demasiadas en tan poco tiempo.

–¿Dos bofetadas? –preguntó Elena.

–Sí, había pensado en la fuga frustrada de Susana, cuando su propio padre la retiene...

Al contrario que Beatriz, Susana, su hermana mayor, tenía reputación de mujer ligera. En el pueblo se la consideraba una chica fácil, con la que cualquiera podía acostarse, aunque ninguno de los del pueblo lo había hecho. La envidia y el despecho habían alimentado la maledicencia, porque ella escogía a sus amistades entre los vecinos de otros pueblos y los veraneantes. Fruto de una de sus relaciones, se quedó embarazada. Su pareja ocasional fue a buscarla en coche para acompañarla a Madrid, donde había concertado una cita en una clínica abortista. El padre, Alfonso, los alcanzó en la carretera y, adelantándolos, atravesó la furgoneta en la calzada. Obligó a bajar a su hija, le dio una bofetada y la arrastró hasta su vehículo.

—¿Se podría suprimir todo esto? —preguntó Elena a Jaime.

—Pienso que no. Susana es como la antítesis de Beatriz. La obligan a tener el hijo y a casarse. Y aunque querrá a su hijo con locura y respetará a su marido, tendrá la sensación de que ella no ha escogido su vida, de que no ha sido libre. No, es la otra escena la que habría que suprimir.

Víctor, cada vez que oía el verbo "suprimir", sentía una opresión en el pecho.

—Se podría conservar la escena del cigarrillo —dijo—. Describe muy bien qué relación de noviazgo mantienen Ricardo y Beatriz.

—Paterno-filial —dijo el productor.

—Paterno-filial... —dudó Víctor—, quizás peor, porque Ricardo es un maltratador.

—Podemos imaginar qué tipo de matrimonio esperaba a Beatriz... —dijo Elena.

—En la novela —dijo Víctor—, las dos bofetadas, separadas por unas cincuenta páginas, no dan esa sensación de cosa repetida en la que incurriría la película. La bofetada parece más necesaria en el caso de Susana, porque el padre tiene que someter a una hija que se marcha a Madrid sin su permiso, para abortar. La solución sería sencilla. Ricardo ve a Beatriz en la plaza con sus compañeros, fumando. La amonesta y ridiculiza en público y se la lleva de la mano, como a una niña traviesa. Sería igual de eficaz.

—Perfecto —apuntó Jaime—. Nos quedamos con esto. Y a continuación os propongo lo siguiente. Hay que preparar el suicidio de Ricardo. Fiestas del pueblo, una orquesta que toca en la plaza, decorada con guirnaldas y banderitas de muchas nacionalidades. Beatriz está muy guapa y se ha puesto un vestido bonito. Baila con su novio. Van a la casa de unos amigos y, en el dormitorio, ella se le ofrece. Aunque él se muestra remiso al principio, finalmente intenta hacer el amor con ella. Aquí la labor de interpretación será clave, porque al espectador no le debe quedar la menor duda del problema de Ricardo.

—Se comporta con torpeza —dijo Elena—. La desnuda poco a poco, como dudando, y se detiene cada dos por tres. Suda, tiene la frente llena de sudor, y de vez en cuando se mira hacia abajo, hacia la entrepierna, como con perplejidad o vergüenza. Se coloca sobre Beatriz, que está cada vez más consternada, sin acabar de entender la situación. Luego Ricardo vuelve a tumbarse boca arriba y se tapa la frente con el brazo, con la cabeza ladeada. "¿Te ayudo?" le dice ella, y se inclina sobre él, extendiendo la mano hacia su sexo. Él le aparta la mano con el brazo.

—Si la escena se rueda lo suficientemente bien —dijo Jaime—, incluso podríamos prescindir de esa otra en la que Beatriz va a buscarlo a la salida del taller y le dice que quiere dejarlo.

Pasaron varios días y Beatriz siguió evitando a Ricardo, que dejó de acudir al trabajo y se encerró en su dormitorio. En una de las situaciones más violentas de la novela, Ricardo, tumbado en la cama en su habitación, se imaginaba corriendo por el campo. No conseguía cansarse, sólo corría en su imaginación, quería gritar y no gritaba. «Se abrazó temblando a su escopeta de caza. No quería hacerlo, no quería acabar con su vida. Pero no le asustaba ese cañón que apuntaba a su pecho, directo al corazón. Sólo quería cansarse hasta la extenuación y descansar. Quería paz, paz,

paz...» De toda esa turbulencia interior, sólo serían visibles unos gestos, una actitud. El resultado final quedaba en manos del actor.

–Susana es uno de los personajes por los que siento más afecto –dijo el autor–. Es una sabia y quizá el carácter más abnegado y consciente de la novela. Si tuviera que salvar una sola página de un incendio, sería esa en la que después del velatorio va con su hijo en brazos a visitar a su hermana menor.

Susana se sentó en la cama junto a Beatriz, que permaneció recostada y en silencio. Le dijo que, cuando miraba a su hijo, casi perdonaba a sus padres por haber decidido por ella el rumbo de su vida.

«Puedo perdonarlo casi todo, menos lo que este pueblo está haciendo contigo. Eres maravillosa, eres inteligente, ¡siempre has sido la más guapa de las dos, la más lista! No te conviertas ahora en la tonta de la familia. Márchate, Beatriz. Déjame que siga admirándote». Sacó un sobre del bolsillo de su falda. «Es todo lo que tengo. Lo teníamos ahorrado... Andrés lo sabe y está de acuerdo. Es tuyo».

«No puedo aceptarlo, son vuestro ahorros...»

«No puedes negarte. Todo lo mío será siempre tuyo. Márchate. Hazlo también por mí».

Susana le colocó en las manos el sobre con las cincuenta mil pesetas de sus ahorros.

5
Sin blanca en Madrid

Hay un Madrid de museos como el Prado, el Thyssen y el Reina Sofía, de monumentos como la Plaza Mayor o el Palacio Real. Es el Madrid de los turistas, los teatros, la mejor liga de fútbol del mundo y los periódicos de gran tirada, de los estudios de televisión y los escritores de moda, las cafeterías de diseño y los caros restaurantes con espectáculo. También hay otro Madrid. Un Madrid que trabaja ocho, diez horas diarias y comparte los metros atestados al amanecer, que se congestiona en las autovías en las horas punta y, por las noches, lucha contra el sueño en los bares por fin vacíos, con el suelo lleno de desperdicios, y en las emisoras de radio de las confidencias noctámbulas, cuando cada uno se mira en el espejo del baño y se sincera consigo mismo.

–Conocí en una ocasión a una muchacha que llegó a Madrid con lo puesto –dijo el autor–. Yo trabajaba por entonces en un despacho de abogados laboralistas. Estoy hablando del año... 1991, uno antes de las Olimpiadas de Barcelona. La atendí por una demanda de dinero. La empresa en la que trabajaba la había despedido adeudándola no recuerdo si cuatro o cinco mensualidades. También le habían sisado de las nóminas un complemento... de ruidos, creo. Trabajaba con una máquina compresora que superaba el límite de decibelios permitidos. Le ofrecían una liquidación insultante.

–Jugarían con su necesidad y sus prisas por cobrar... –dijo Víctor.

–Se llamaba Teresa... Sí, eso es, Teresa. Aquella muchacha fue el germen de *Olga y la ciudad*. Tenía veintipocos años y llevaba unos cinco en Madrid. Recuerdo perfectamente cómo fue su primer día aquí, según ella me lo contó. Era de Palencia y quería estudiar una carrera científica... creo que la de Física. Todo lo que trajo cabía en una bolsa de mano. Me contó que vestía ropas pasadas de moda y humildes, de colores sosos. Esto tiene más importancia para una mujer de lo que nosotros podamos pensar. Ella misma me dijo que aquel día de su llegada supo qué significaba la palabra "paleta": llevar el pelo sujeto con una horquilla simple, calzar zapatos de punta redonda, usar medias negras y hablar con acento y un arsenal de expresiones chocantes. Pero escucha: a la media hora de bajarse del autobús, antes incluso de haber buscado un alojamiento para pasar la noche, ya había encontrado su primer empleo. Desde luego, el empleo más humilde.

–¿En una casa? –preguntó Víctor.

–Claro, en una casa. Encargándose de cuidar a un crío, limpiar, planchar y preparar la comida. Todas esas cosas que se da por supuesto que una chica sabrá hacer.

–Igual que Beatriz –observó Víctor.

–Sí. Beatriz tiene algo de Teresa –confirmó el autor.

En la novela, Beatriz se apeó del autocar en la vieja Estación Sur de Autobuses, en la calle de Palos de la Frontera, a primera hora de la mañana. Dejó la maleta en la consigna automática y bajó caminando por el Paseo de las Delicias. Observó que en muchas farolas y en los escaparates de algunos comercios del barrio, había folios mecanografiados con demandas de empleo, con unas tiras que se podían arrancar en las que constaba el teléfono de contacto. Pero ella no tenía teléfono. Entró en una panadería y compró un bollo de pan. Le preguntó a la dependienta si sabía de algún trabajo por la zona, lo que fuese. Repitió lo mismo en todos los comercios que fue encontrando y llegó hasta el mercado de Guillermo de Osma. Preguntó puesto por puesto: fruterías, carnicerías, charcuterías, mantequerías... Le encantó el ambiente del mercado, las voces, la variedad de productos expuestos. Una señora que la había estado observando la tocó en el hombro. «He oído que estás buscando trabajo...» Le dijo que conocía a una familia a la que le urgía una chica que se encargase del niño por las mañanas, de llevarlo al colegio y de recogerlo y de atender las cosas de la casa. Beatriz telefoneó desde una cabina y aceptó las condiciones que le ofrecieron. Apuntó la dirección en un pedazo de papel.

Luego desanduvo el camino, calle arriba, buscando en los portales y los balcones el distintivo de hostales y residencias. Preguntó precios por los porteros automáticos y, sólo cuando hubo consultado no menos de diez alojamientos, se decidió por el más barato, en la Ronda de Atocha. Fue a la estación a recoger la maleta y regresó con ella a la residencia. La habitación, compartida, medía diez metros cuadrados, tenía un par de camas pequeñas, cada una con su mesita de noche, y un viejo armario de madera maciza. La ventana daba a un patio de luces por el que subían los olores evacuados por el restaurante de la planta baja. El servicio se hallaba en el pasillo. El precio incluía el derecho a utilizar la cocina. Beatriz deshizo su maleta en la cama libre y dispuso su ropa en su mitad del armario y en su cajón. Luego fue a dar un paseo. Recorrió la calle de Atocha y fue a parar a los aledaños de la Plaza Mayor. En un punto de información municipal le dieron un plano del

Centro. Se sintió como una turista. Llegó hasta Bailén por la calle Mayor y cruzó las plazas de Oriente y de España. Subió por la Gran Vía, que recorrió entera, y luego tomó la calle de Alcalá hasta El Retiro. A mediodía comió unas manzanas sentada en un banco del parque. Se tumbó en el césped y se quedó dormida. Cuando despertó, atardecía. Dio la vuelta al parque y salió por la cuesta de Moyano. Curioseó los libros de ocasión expuestos en las mesas de los libreros y finalmente compró por doscientas pesetas una edición de las poesías completas de Antonio Machado. Se sentó en un banco de granito junto a la glorieta de Carlos V y contó mentalmente cuánto dinero le quedaba de las cincuenta mil pesetas que le había dado su hermana. Tenía que descontar los precios del viaje en autocar, el bollo de pan, la llamada telefónica, el kilo de manzanas, el libro y el alojamiento, del que había pagado por adelantado el resto del mes. Debía tener treinta y cuatro mil doscientas treinta y siete pesetas. Luego sacó su monedero y contó el dinero en efectivo: la cantidad coincidió, ni una peseta más, ni una peseta menos.

De regreso en la residencia, conoció a su compañera de dormitorio. Tenía más de cincuenta años y, como ella, trabajaba en una casa. Pilar la invitó a cenar de sus macarrones con tomate y ella le ofreció una de las dos manzanas que le quedaban. Mientras comían y, después, ya en sus camas con la luz encendida, Pilar le contó su vida, encantada de tener una compañera de habitación que sabía escuchar. Era de un pueblo de Zamora y llevaba más de quince años en Madrid, trabajando siempre en casas. Había tenido un par de novios en ese tiempo, pero no se había casado. Los fines de semana salía con unas amigas, con las que evitaba las discotecas y frecuentaba los salones de baile. Le gustaban el tango y el pasodoble más que el rock y la música disco. Hablaba y hablaba sin parar, también cuando Beatriz, agotada, comenzó a quedarse dormida. Sintió que la luz se apagaba y que unas manos maternales le subían el embozo de las sábanas. «Pobre niña», oyó. Luego se desveló con el reflejo de luz que filtraban las persianas y con el rumor de discusiones, peleas y tiros, procedente de algún televisor del vecindario. Mañana sería otro día. Abrazada a su libro de poemas, antes de quedarse dormida, se dijo: «Toma ejemplo, Beatriz, y espabila...»

Jaime estuvo de acuerdo con mantener en el guión aquel primer día de Beatriz en la ciudad. Elena, por su parte, ya había esbozado un largo soliloquio de Pilar, la compañera de habitación, con muchas posibilidades humorísticas, pero que aún tenía que afinar.

–¡Es una simpática charlatana! –dijo con entusiasmo.

Víctor y Jaime hablaron largo y tendido de cómo encarar narrativamente esta segunda parte de la película. El primer año de la protagonista en Madrid era una sucesión trepidante de personajes y situaciones, porque Beatriz iría de un trabajo a otro, de residencia en residencia, siempre atenta a una mejora en las condiciones de empleo o en las de alojamiento. Se matriculó en una academia nocturna para concluir el COU y los sábados por las tardes acudía a un café, donde la aceptaron en una tertulia de inglés. A cambio, un día a la semana daba conversación en español a unos estudiantes británicos. Superó la selectividad con una nota media muy alta y aceptaron su solicitud en la Facultad de Ciencias Biológicas. Para poder costearse la matrícula, en verano compatibilizó su empleo matutino en una casa con el de cajera en un supermercado por las tardes. En cien páginas de la novela, Víctor contó no menos de veinte lugares distintos, entre cafés, casas y residencias, y unos treinta personajes bien caracterizados.

–No nos queda otra que hacer una poda a fondo –le dijo Jaime–. Tenemos que quedarnos con cuatro o cinco escenarios y no más de diez personajes. ¿Podrás?

–Lo intentaré.

Tras esta primera fase, la vida de Beatriz se encauzaría con más calma. Por las mañanas asistía a la universidad y por las tardes, de cinco a una de la madrugada, trabajaba como camarera en un establecimiento de la cadena VIPS. Sería en este restaurante donde, al cabo de un par de años, las trayectorias de Beatriz y Claudio volverían a cruzarse.

Pero primero había que pensar en una solución cinematográfica para una narración que a Jaime le había recordado por momentos a la picaresca, al *Lazarillo de Tormes*, de dueño en dueño en busca de sustento y, sin saberlo, del descenso moral por la realidad española. Desde luego, Beatriz era una lazarilla muy distinta, como también lo eran el Toledo imperial de los pedigüeños del siglo XVI y el Madrid fulgurante del sector servicios de finales del XX.

La principal preocupación de Jaime era conseguir una continuidad de estilo entre las tres partes de la novela. Por más que los matices se decidirían durante el rodaje y en la fase de montaje, él se encontraba lejos de presentir las claves estéticas de la película. El tratamiento literario de cuya confección era responsable Víctor cumplía una función parecida a la del boceto de un edificio. Igual que un arquitecto desarrolla su proyecto sobre la base de ese primer esbozo, Jaime sólo levantaría una idea válida de la película tras la lectura de ese puñado de páginas. Dudaba de que Víctor fuera la persona adecuada para la tarea. Más que como un segundo motor, a veces lo sentía como un remolque. De intereses demasiado literarios, demasiado escrupuloso en su acercamiento a la novela original, enfatizaba lo intelectual y le costaba recrear escenas y verterlas en imágenes definidas.

71

Le resultaba irritante: por su aire ensimismado y reconcentrado, por ese apunte de pedantería propio del artista cachorro que cubre sus carencias con palabrería pretenciosa. Un par de días había regresado tarde de su paseo madrugador por el campo, ataviado con botas de senderismo y chubasquero y con su inseparable vara en la mano. Elena y el propio Jaime, que ya estaban preparados para la charla de la mañana, tuvieron que esperar a que el buen muchacho desayunase. Pero no era ningún crío. Ya había cumplido los treinta, así que podía darse su carácter por formado. Para Jaime hubiera sido más sencillo relacionarse con él si le fuera antipático. La verdad es que sentía cierto afecto por Víctor, y se reconocía a sí mismo que su irritación se debía en realidad al hecho de que quería domeñarlo como a un hijo y no lo conseguía. Había leído su currículum. Víctor había comenzado tres carreras. Abandonó Periodismo y Traducción después del primer año, y Administración y Dirección de Empresas cuando sólo le faltaban cuatro asignaturas para obtener la licenciatura. Hablaba algo de inglés, algo de alemán y algo de italiano. Tenía experiencia en redacción de noticiarios culturales para radio y había publicado reseñas de libros en revistas minoritarias y periódicos gratuitos: buenos textos, bien argumentados y elocuentes. Era un lector voraz y había escrito y publicado un par de novelas. Jaime leyó la que le habían recomendado como la mejor. Había sido criticada con elogios ambiguos en los suplementos de varios periódicos y había recibido el premio de los lectores convocado por una página web dedicada a la vida nocturna. Trataba de un joven de buena familia que, para pagar su adicción a la cocaína, se convierte en camello. Se relataba algo así como un descenso a los paraísos artificiales de las discotecas de playa y los clubes de alterne. Lo asesinaron sus proveedores cuando, coaccionado por la

Policía, intentó alejarse de ese mundo. El plato fuerte era una inverosímil persecución en coche por la autovía A3 y su ejecución dentro del vehículo en un descampado. Jaime la leyó con interés y descubrió en sí mismo un exceso de celo, el propósito involuntario de encontrar el error y destacarlo, más que el deseo de disfrutar con los aciertos. Algunos diálogos se le antojaron partidos de tenis, sin interactuación entre los personajes, sobrecargados de argot; había caracteres previsibles y el texto estaba salpicado de discursos sobre su condición psicosocial. Habría querido juzgarlo según una regla que citaba en ocasiones: "Algunos lectores creen que, puesto que pueden leer buenas novelas, también puede escribirlas". Sin embargo, ni estaba tan mal escrita ni tan mal planteada como para merecer la condena a la destructora de papel.

Le habría gustado enderezar su relación con Víctor, pero no encontraba el modo. Aunque había intentado mostrarse más amable y transigente, su actitud abstraída terminaba por hacerle perder los nervios. En una ocasión, se lo encontró en Aracena. Jaime acababa de comer en un restaurante; leía el periódico con un café y su purito, cuando vio que Víctor pasaba caminando por la acera. Salió del establecimiento y lo llamó.

—Víctor... ¿dando un paseo?

—Eh... sí —contestó como quien acaba de despertar—. Quería visitar la Gruta de las Maravillas, pero cierra a mediodía.

—Pasa dentro. Te invito a un café.

—Tengo prisa... Ya me iba a casa.

"¿Qué prisa tiene por regresar a la casa?", se preguntó Jaime.

—A ti te gusta mucho el campo... le sacarías más partido a una visita al Cabildo Viejo —le sugirió.

–No me gusta tanto el campo... –contestó Víctor, con un tono que a Jaime le pareció que expresaba molestia–. Me gusta pasear, me da igual una senda que una acera. Me ayuda... a pensar. ¿Por qué dices lo del Cabildo?

–Allí, al final de esta calle, en la plaza, está el Centro de Interpretación del Parque Natural. Hay vídeos e instalaciones que explican la saca del corcho y la recolección de las setas... ¿Te animas entonces con ese café?

–Bueno... sí, visitaré el Cabildo. ¿Estará abierto a esta hora? –consutó su reloj.

Y sin responder a la invitación ni despedirse, se marchó calle abajo, en sentido contrario al Cabildo. "¡Qué chico tan raro!" pensó Jaime, antes de regresar a su mesa.

Por el contrario, Elena había ido ganando altura a sus ojos. No podía asegurar que fuera inteligente. Alguna vez inclusó llegó a pensar que era tonta. Sus comentarios frívolos lo habían descolocado en más de una ocasión. Concluyó que su ingenuidad era aparente, tan deliberada como su humildad. Pero, tonta o lista, estaba centrada en el trabajo y aportaba soluciones claras. El segundo día, lo abordó en el pasillo y le sugirió cómo identificar de un modo sencillo a la niña, a Olga, en las primeras escenas de la película: bastaría con que vistiera una camiseta con su nombre y su retrato estampados; o que en la piscina se cubriese la cabeza con una visera con la palabra "OLGA" en letras grandes y doradas. Eso era lo que un director necesitaba, profesionales que aportasen soluciones, no que se anduvieran por las ramas ni lo arrastrasen a debates estériles.

Se sentía atraído sexualmente por ella y creía no equivocarse cuando pensaba que Elena se le había insinuado. En sus más de treinta años de carrera profesional, eran muchas las posibilidades que se le habían presentado de flirtear y de acostarse con mujeres de su equipo, ya fueran guionistas, técnicos o actrices. Muy pocas veces lo había consumado, no tanto por la fidelidad debida a su esposa como por su dedicación al trabajo. Las relaciones sexuales, en el estrecho entorno en el que se desenvolvía la realización de una película, enrarecían el aire que se respiraba. Todo se acababa sabiendo. Eran motivo de rumores y chismorreos, envidias y sentimientos de agravio. Él, además, no se engañaba respecto de sus encantos. "Soy viejo, bajo y rechoncho", decía en ocasiones, y que cada cual cotejase esos tres adjetivos con la realidad. Pero la amabilidad que dispensaba a su personal, su misma posición de autoridad, daban lugar a malentendidos. No se trataba únicamente del caso probable de que alguien pretendiera utilizar la cama para medrar en la profesión, sino también de que una mujer con carencias afectivas podía interpretar sus atenciones de director en un sentido erróneo, y sentirse halagada o incluso deseada.

Nada despierta tanto el deseo, o el amor, como sentirse deseado y amado. También él había sido víctima de este espejismo de la mente. La tercera noche en la casa, después de una cena y media botella de vino, que no le había afectado en absoluto, tocó en la puerta del dormitorio de Elena. Se sentía tan nervioso como un colegial, menos por la posibilidad de un encuentro sexual con el que había soñado, como por la convicción de estar a punto de cometer un error. En el dormitorio había luz, que se colaba por el resquicio de la puerta, pero no oyó ningún ruido dentro. Cuando giró el picaporte y comprobó que el pestillo estaba echado, sintió alivio. En lugar de regresar a su cuarto, salió a la terraza y se encendió el último purito de la noche.

En la charla de la tarde siguiente, que tuvo lugar de nuevo en el salón de la planta primera, Jaime propuso un modelo narrativo para las vivencias de Beatriz en su primer año en la capital.

–No sé si compartís mis gustos... –dijo–. Es una película que me parece excepcional: *La dolce vita*, de Federico Fellini –Y continuó sin esperar respuesta–: Ese desorden aparente de las escenas, como si los personajes no fueran a ningún sitio. El argumento desaparece y el día a día se presenta desnudo de sentido. Pienso que aquí Beatriz sería algo así como la versión femenina del personaje que interpreta Marcello Mastroianni... de algún modo –matizó–. No sé si me explico ni si esto te será de utilidad, Víctor. ¿Tú cómo lo ves? Yo imagino a una Beatriz tranquila y segura de sí misma. Habla poco, lo justo y necesario. Responde con una sonrisa a las impertinencias de las mujeres para las que trabaja. Ablanda los caracteres más rudos con su belleza y su serenidad...

Víctor era partidario de mantener en inglés las conversaciones de la tertulia, subtitulando.

–¡A mí no me pidáis que escriba diálogos en inglés! –dijo Elena.

–Los escribirás en castellano –le contestó Jaime–. Encargaremos la traducción a alguien.

–Habría que evitar caer en el error de que Beatriz hable demasiado bien el inglés –observó Víctor–. Debería notársele el acento español y expresarse incluso con calcos.

–Apúntalo, para tenerlo muy presente cuando se hagan los diálogos y durante el rodaje –dijo Jaime–. ¿Has seleccionado ya algunas escenas, como hablamos esta mañana?

–Necesito un poco más de tiempo. Estoy pensando en ello –Víctor apreció un reproche en el tono del director, por haberse adelantado a tareas propias de fases posteriores y descuidar las inmediatas.

–Hay otro asunto prioritario –continuó Jaime–. Hasta ahora, hemos pasado por alto que Claudio se ha casado. Todavía no lo hemos tratado. Cuando se reencuentra con

Beatriz en la cafetería donde ella trabaja de camarera, él es ya un hombre casado. Pero no hemos hablado de su pareja.

–La conoce durante su época de estudiante... –recordó Víctor–. Se llama Marta.

Le vino a la memoria la imagen de Marta, una mujer de ojos oscuros a la que le gusta la ropa cara, y un diálogo con unas amigas en el que se queja por el bajo sueldo de su marido.

–Habría que introducirla en ese momento... durante la universidad –dijo Jaime–. Y antes de los sucesos dramáticos de Argaelo, ya tendríamos que haberlo casado.

–¿Y si no lo casamos, sino que simplemente convive con su pareja? –dijo Elena–. Nos ahorraríamos la boda y el resultado sería el mismo.

Jaime se echó a reír.

–Sí, nos ahorraríamos los gastos del convite –bromeó, poniéndose en pie–: casado o sin casar, atado está. Tomemos un descanso –añadió, y salió a la terraza a fumar.

–Tendríamos que haberlo casado... –repitió Víctor para sí con retintín, mientras lo apuntaba en su cuaderno, entrecomillando las palabras del director.

Víctor se sentía desbordado por el trabajo. Había garabateado con sus anotaciones la mitad del cuaderno, unas cincuenta páginas; sin contar con todas las ideas que le había sugerido la lectura de la novela, anotadas en otro cuaderno, y lo que había escrito al vuelo en los propios márgenes del libro, lleno de subrayados, signos de cierre de interrogación y flechas. ¿Cómo ordenar todo aquel material? Y aún estaban a mitad de camino. Después de esta semana, debía encerrarse durante quince días en su estudio en Madrid. Éste era el plazo prescrito por Jaime para la entrega del borrador del tratamiento. Con prisa por terminar, estresado, su mente saltaba de una escena a otra, preocupándose de detalles que bien podían esperar. De este modo, anticipándose al segundo paso antes de haber dado el primero, y no pisando en ningún momento tierra firme, la tarea que tenía por delante le parecía ingente. Apenas si había comenzado la redacción definitiva y ya se sentía exhausto.

Ni siquiera sus largos paseos por el campo le permitían evadirse del todo. Por las noches dormía intranquilo, y si se echaba la siesta, no se relajaba, sino que perdía el tiempo contemplando con palpitaciones nerviosas el dibujo de la almohada. No debía haber aceptado el trabajo. A fin de cuentas, ¿qué sabía él de cine? ¿Bastaba un curso para aprender un oficio? Si quería escribir novelas, tenía que sentarse a escribir novelas. Ahora, la lejana posibilidad de que la película pudiera ser un éxito de taquilla y su nombre destacara en los carteles como coguionista no le resultaba tan apetecible. Pero ¿qué clase de escritor era que ni siquiera podía centrarse en una sencilla tarea de síntesis? Eso era todo lo que tenía que hacer, un resumen. Lo había intentado: esquematizó, ordenó, resumió, volvía a embarullarse. A lo peor, no tenía talento.

"Me he equivocado —se dijo—. Yo no soy como Beatriz, sino como Claudio": no era de los que abrían nuevos caminos, sino de los que avanzaban a trompicones. A ratos, entre los nubarrones que cubrían su cabeza, asomaba el sol, arrojándole una solución que consideraba acertada. Luego volvía a cerrarse el cielo y sus pensamientos se volvían espesos y turbios. ¿Qué obra literaria había hecho que valiese la pena de ser leída y recordada? Había dejado los estudios para escribir, había dejado de hacer deporte para escribir, incluso había abandonado empleos para escribir... ¿No habría sido la escritura un mero pretexto para correrse alguna juerga y hacer algún viaje? Para no estudiar, para no cuidar su cuerpo, para no trabajar... Para no mirar a la vida de frente. ¿Quería realmente eso, escribir?

Unas frases de Claudio, en el contexto de su paso por la universidad, le acudían a la mente en sus momentos más bajos. Le sonaban tan familiares que las oía casi como un susurro:

«No ser nadie y no querer nada. No faltarte lo necesario, pero esperar algo, sin saber el qué. No tener derecho moral a quejarse. Hacer muy poco con mucho esfuerzo y avanzar en la dirección equivocada. Quienes hayan sentido alguna vez lo mismo saben a qué me refiero».

Jaime terminó de fumar, entró en el salón y tomó asiento.

–¿Continuamos? –dijo.

6
El cuarto narrador

Una peculiaridad de *Olga y la ciudad*, que ni para el menos atento de los lectores pasaba desapercibida, era que pese a haber sido escrita en primera persona, en muchos capítulos la voz de Claudio se transformaba en tercera, convirtiéndose en un narrador omnisciente, capaz de introducirse en la mente de otros personajes.

–Yo pretendía escribir una novela en primera persona –dijo el autor–. Era lo que siempre había hecho: en este caso el narrador era Claudio, que contaría los sucesos desde su punto de vista. Así están escritas las primeras cien páginas. Pero pronto me di cuenta de que la perspectiva de Claudio me limitaba. ¿Has reparado en que casi toda la literatura española actual se escribe en primera persona?

–Sí, es cierto –asintió Víctor, cuyas dos novelas y todos sus relatos estaban escritos en esta voz–. Ocurre en España y en el resto del mundo. El juego del yoyó. Pienso que se debe a que vivimos en una civilización individualista.

–Quizás tengas razón –dudó el autor–. Recuerdo haber leído un artículo... uno de esos artículos sobre el futuro de la novela... Se decía entre otras cosas que ya sólo se podía escribir en primera persona.

–Yo, desde luego, no me atrevería a decir tanto... –repuso Víctor–. Estoy recordando... hace poco releí *Cinco horas con Mario*, de Miguel Delibes, poco después de su muerte. Está narrada en segunda persona.

–Sí, tiene media docena de novelas muy buenas –dijo el autor–. Leí *Cinco horas*... hace ya muchos años... Me impresionó. La segunda persona determina el estilo propio de una carta o de una confesión... Con ese argumento funcionó muy bien. Una viuda que habla a su marido muerto, de cuerpo presente, durante la noche del velatorio..

–Me gustaría tener la ocasión de asistir a una representación de la versión de teatro –añadió Víctor.

–Hay más casos de narraciones en segunda persona –continuó el autor–. *La caída*, de Albert Camus, o la *Carta al padre*, de Kafka. Bueno, ésta no es una novela, aunque se puede leer como tal. Si seguimos buscando, seguramente encontraremos más. Pero algunas de las mejores novelas que he leído... quiero decir algunas de las que más me han gustado –precisó– están escritas en primera persona.

En los siguientes minutos, enumeró decenas de novelas. Víctor había leído algunas de ellas y las reconoció como obras maestras. Pocas cosas animan tanto una conversación entre los solitarios iniciados de la literatura como descubrir que se han compartido lecturas. Ambos coincidieron en su entusiasmo por *Opiniones de un payaso*, de Heinrich Böll, *Sinuhé el egipcio*, de Mika Waltari, *La trilogía de Jacques Vingtras,* de Jules Vallès, o *El guardián entre el centeno*, de Salinger, entre muchas otras.

–Te olvidas de *El extranjero* –observó Víctor.

El autor levantó el dedo índice, pidiéndole que esperase. Se puso en pie y se acercó a la librería. Con el mismo dedo recorrió los lomos de todos los libros de una estantería.

–No falta ni una –dijo–. Todas las obras de Albert Camus. Novelas, teatro, ensayo. Pero aguarda y verás.

Sacó uno de los libros del estante y lo colocó en la mesa, delante de Víctor.

–Un ejemplar de la primera edición de *L'Étranger. Une merveille*.

–No sé francés –dijo Víctor–. La leí en español.

–Yo media docena de palabras –contestó el autor–. Pocas más de las que te acabo de decir. No podría leer *El extranjero* en francés, pero me gusta tener esta edición. Es la joya de la corona.

En opinión del autor, una buena novela narrada en primera persona precisaba un carácter muy fuerte. El protagonista narrador debía tener una personalidad capaz de empapar cada situación con su propio sudor. Era como una apuesta a una sola carta, porque si esta personalidad se desdibujaba, la novela se cuartearía de modo inevitable.

–Una novela en primera persona es siempre una autobiografía, en buena medida –continuó–. Por cierto, olvidaba una. ¿Has leído *La forja de un rebelde*?

Víctor negó apretando los labios.

–Es de Arturo Barea –dijo el autor–. Quizás sea la mejor novela española del siglo XX. Una autobiografía novelada.

–Intentaré leerla –concedió Víctor, aunque su rostro delataba escepticismo ante la recomendación.

–Con *Olga y la ciudad*, me ocurrió que descubrí la necesidad de narrar en tercera persona. Permite introducir el pluralismo, multiplicar los puntos de vista... Pero ahí residía el problema, porque era el propio Claudio el que de pronto narraba cosas que él no protagonizaba... pensamientos que no eran los suyos, sino los de otros personajes...

–Es un recurso legítimo –dijo Víctor–. No he pensado sobre esto, pero seguro que otros autores lo han utilizado antes.

–Claro, claro, no es original... ¡Desde luego que no es ilegítimo! El único tabú en literatura debería ser la chapuza... pero ¿funciona realmente? Mientras escribía, tenía la sensación de que lo que contaba Claudio sería percibido por el lector como una invención.

–Narrar es inventar.

–De acuerdo, Víctor. Pero yo he dejado a la vista los andamios y las grúas. Es como decirle al lector: mira bien, ésta es una novela, pero no veas la técnica que he utilizado aunque te haya dejado las herramientas delante de los ojos. Yo a esto lo he llamado "el cuarto narrador".

Víctor no entendía adónde quería ir a parar el autor.

–¿El cuarto narrador?

–Sí, mientras me adentraba en la novela, necesitaba justificarme que seguía un camino válido. Elaboré una teoría a la carta. Es una primera persona que, al funcionar como tercera, en realidad le está diciendo al lector: "Esto es lo que yo, Claudio, creo que pasó, lo que me han contado o he imaginado que ocurrió, así es cómo en mi opinión se sentía Fulano o Mengano". Por eso te decía que los andamios quedan a la vista... Un ejemplo extremo: ¿es creíble que al mismo tiempo que Claudio se enamora de Beatriz, el propio Claudio relate qué siente Beatriz por él? O mejor dicho: ¿lo que cree que ella pueda sentir por él?

«Pasamos la noche juntos. Yo había puesto el despertador temprano, por si nos dormíamos, pero lo apagué antes de que sonase, cuando el cielo comenzaba a clarear. Beatriz también se levantó de la cama y se puso la bata, para acompañarme en el desayuno. Ella no tomó nada, simplemente me miraba, con las piernas cruzadas y el mentón sobre la palma de la mano. Salió a despedirme a la puerta. La tomé por la cintura y la atraje hacia mí. Aceptó el beso en los labios, pero en seguida se apartó, esquiva. Cerró la puerta antes de que yo hubiera llegado al siguiente rellano de la escalera. Regresó a la cocina y recogió mi vaso sucio, que dejó en el fregadero. Se preparó un té, mientras comía una manzana, y se lo llevó al salón. Se sentó en el sofá. Disponía de una hora antes de tener que salir hacia la universidad. Se sentía desconcertada. ¿Qué clase de hombre podía pasar la noche en la cama de otra mujer, mientras su esposa dormía sola en la creencia de que su marido se encontraba de viaje? ¿cómo conseguía convivir con la mentira? Miró alrededor. Le faltaba algo en el ambiente. Sí, eso era, música. Puso el primer cedé que encontró, uno de Cesárea Évora. Sus canciones despertaban en ella la imagen de paisajes tropicales con gentes sencillas, casi una Arcadia feliz. Era lo que necesitaba para dejar de pensar en sus amantes. No debían de ser tan importantes para ella, si bastaban unos minutos de música alegre y dulce para alejar su recuerdo. Se desvanecía Edward, se desvanecía Claudio. Como sombras. Era mejor así. Por un instante sintió que su cariño por Claudio se mezclaba con lástima. Ahora tales sentimientos ya habían pasado».

–Pienso que es más sencillo –dijo Víctor–: técnicamente es una tercera persona, sólo que en lugar de presentarse el autor como narrador, se camufla detrás de un protagonista, en este caso Claudio.

–Hay momentos en que ese juego me proporcionó... mucho placer. ¡Me entusiasmaba escribiendo...!

Víctor, con íntimo disgusto, se dijo que él nunca había sentido placer escribiendo. La escritura la vivía más como la solución de un rompecabezas, un sobrio ejercicio de raciocinio. Lo más intenso que experimentaba era cierto alivio, cuando resolvía una situación o concluía un relato. El autor parecía exultante al recordar sus sensaciones. Víctor sintió celos. En ese momento comprendió que tenía delante a una persona que vivía para la literatura. Aquel hombre que se consideraba a sí mismo acabado, frustrado, era un escritor con vocación, casi un poseído. Víctor habría querido sentir lo mismo.

–Se produjo un hecho mágico –continuó el autor–. Porque Claudio, que era un joven que se cuestionaba a sí mismo, cuya vida mental giraba en torno a su propia personalidad, de pronto... de pronto se vio abocado a abrirse a los demás. Ya no sólo narraba en tercera persona por la mera necesidad de contar la historia... porque fuera el recurso técnico necesario. Es que él mismo necesitaba abrirse a los demás. El mundo dejó de girar a su alrededor... Era él quien giraba alrededor del mundo. Era como si... lanzándose en cohete al espacio, se hubiera puesto en órbita. A partir de ese momento, Claudio comenzó a crecer... Pero no sé si me explico...

Víctor seguía mirando al autor. Tardó en reparar en que éste le cedía la palabra, en busca de su opinión.

–Tú eres Claudio –dijo al fin Víctor.

El autor se encogió de hombros.

–Somos un poco todos nuestros personajes, supongo...

–Creo que te he entendido –dijo Víctor–. La vida de Claudio cambia tres veces, las tres veces que su trayectoria y la de Beatriz se cruzan, y en cada ocasión crece un poco más.

La primera vez, Beatriz, aún adolescente, se había alojado con su hermana mayor y con su madre en la casa de Claudio en Madrid, donde debía pasar la revisión médica a causa de su enfermedad coronaria. Él y Susana salieron de copas y pasaron varias horas juntos en la habitación de un hostal. Desde entonces, la novela se iba abriendo a otros personajes y a situaciones que el propio Claudio no había vivido, culminando con el noviazgo de Beatriz y Ricardo, el suicidio de éste, y la posterior fuga de Beatriz del hogar familiar en Argaelo.

La segunda vez, años después, se encontrarían en el restaurante donde Beatriz trabajaba. Por entonces, él ya se había casado y ella estaba centrada en su supervivencia económica y sus estudios de Biología. Tendrían un romance, que pondría a Claudio al borde de la quiebra mental y lo llevaría a la ruptura de su matrimonio. Beatriz, embarazada de Edward, un amigo inglés, decidiría tener sola el bebé.

La tercera vez, un encuentro casual en un parque volvería a ponerlos en contacto. Olga ya tenía entonces tres, cuatro años, y la salud de Beatriz había empeorado. Agravada su enfermedad crónica, se sostenía a base de medicamentos. Claudio le ofrecería compartir su pequeño piso y se casarían.

En cada una de estas ocasiones, la personalidad de Claudio había madurado; el joven dubitativo e inseguro se había convertido finalmente en un hombre consciente de sus sentimientos y dueño de su intelecto.

En opinión de Jaime, el breve romance de Beatriz y Claudio era el nudo central de la historia.

–Ni las escenas en el pueblo y el suicidio pasional de Ricardo, ni el agravamiento de la enfermedad de Beatriz y su muerte... todo ese tejido no valdrá de nada, por muy bien que lo bordemos, si el idilio de Claudio y Beatriz no funciona...

–El amor mueve el mundo –interrumpió Elena, con aire de satisfacción.

–¿Has recapacitado sobre la necesidad de la boda? –le preguntó Jaime.

–¿Por qué?

–La boda, el hecho de estar casado, ¿no acentuaría más el desgarro de Claudio por ser infiel a su mujer?

–Eso es una tontería –contestó Elena. Se arrepintió de inmediato de su respuesta, un insulto involuntario al director. Observando, además, que éste lucía una sonrisa forzada, intentó enderezar la situación–: Me provocas con tus bromas, Jaime. Sabes que no es una boda lo que compromete a un hombre... Es el cariño lo que le hará sufrir, porque se sentirá... con el corazón partido...

Víctor, con una mueca de sarcasmo, apuntó la frase: "El corazón partido". La recordaba del verso de una canción popular. Ahora vendría bien como recurso de la memoria.

–Lo que más obliga a un marido es el cariño de su mujer –dijo Cristina. Lo había pronunciado despacio, con aparente seguridad. Se sentía nerviosa y había esperado para hablar a que el silencio se prolongase. Los tres habían vuelto los ojos hacia ella.

Cristina, la mujer del productor, había querido asistir a la charla en la que se hablaría del romance, la parte de la novela que más le emocionó. El propio Jaime la había telefoneado para recordárselo, pues quería contar con otra opinión femenina.

–Eso me interesa mucho, Cristina –dijo Jaime–. Explícate, por favor.

"¡Explicarse!" pensó Cristina. Le habría resultado muy difícil encontrar palabras abstractas, que no revelaran los hechos y vivencias íntimas que la habían conducido, mucho tiempo atrás, a esa conclusión. Explicar que el enamoramiento de una pareja se va agotando... era evidente para todo el mundo. Ese pensar continuamente en el otro y retener su olor en el olfato cuando está ausente, sentir calor en las mejillas cuando se le ve aparecer inesperadamente por la puerta,

¡dormir sin dormir!, notando, a cada segundo de la noche, que está a tu lado en la cama... Lisardo le era infiel desde hacía años con otras mujeres, incluso prostitutas. También ella le había sido infiel un par de veces. No había sentido la necesidad de confesárselo a su marido. Su matrimonio se fundaba ahora en la conveniencia económica, en la familia como una unidad de gestión de recursos y de estabilidad emocional, en un tipo especial de respeto. El propio Lisardo le había dicho en una ocasión que la admiraba. Eso para ella era suficiente, más importante que las demostraciones ocasionales de deseo algunas noches. Ella, a su manera, también lo admiraba, por su firmeza y su claridad de ideas... de vez en cuando. A su lado se sentía segura y confiada. No lo rechazaba en la cama, porque estos acercamientos, escasos, sólo tenían lugar después de jornadas particularmente felices, cuando cada cuerpo acaba abandonándose, acompasándose al deseo del otro, como asegurándose de contar con permiso. ¿Qué valor tendría una fidelidad sexual obligada? ¿A cuál de los dos haría menos desgraciado? No le habría perdonado, en cambio, que se enamorase de otra mujer. Sería, más que una traición, una decepción. Intuía que eso no podía ocurrir, porque Lisardo era una persona llena de autoestima que no precisaba descansar su cabeza en nadie más que en sí mismo, que no transformaba los deseos en ilusiones. A ella le ocurría lo mismo.

Pero entre ambos extremos, hubo un periodo en el cual el cariño se expresaba de un modo casi compulsivo, como un sucedáneo violento del primer amor. Con qué facilidad se confundía entonces el cariño con el deseo, y el placer sexual con una confirmación del amor...

–Marta, la mujer de Claudio –dijo Cristina–, lo quiere. Le muestra cariño y él también lo siente por ella. Un cariño muy intenso.

–¿Crees que eso bastaría para dar cuerpo a la angustia de Claudio? –le preguntó Jaime.

–Pienso que sí... –contestó, dubitativa.

–Hay una situación... –dijo Víctor, mirando a Cristina–. Hay en la novela una escena que se ajusta a eso que acabas de decir. Los sentimientos se explican en la novela con otras palabras, pero es precisamente eso.

Marta era posesiva, celosa, y sospechaba de Claudio, de sus ausencias. Sus celos eran aún injustificados. Tras un primer encuentro fortuito de Claudio y Beatriz en el restaurante, él siguió acudiendo al establecimiento, cada vez con más frecuencia. Se sentaba a media tarde a una mesa y pedía un café, un té, en la mayoría de las ocasiones una copa de coñac. Se producía un flirteo inocente entre viejos amigos.

Beatriz se acercó a su mesa con la libreta de pedidos.

«Hola, Claudio. ¿Qué te pongo hoy?»

«Hoy sólo he venido a verte», respondió él.

Y otra tarde:

«¿Hoy vienes sólo a verme o vas a tomar algo?»

«Me basta con verte. Espero que no me eches por no consumir nada...»

Beatriz, alegre, volvió sobre sus pasos, regresando poco después con una copa de coñac:

«Invita la casa».

A veces, si la tarde era tranquila y no había otros clientes, se sentaba unos minutos a su lado y charlaban.

Víctor hojeaba el libro en busca de la escena en la que Marta y Claudio acuden juntos a cenar al restaurante donde trabaja Beatriz. No tenía intención de leer todas esas páginas, pero sabía que, teniéndolas a la vista, recordaría mejor la situación.

–Claudio le había comentado a su mujer su encuentro con una vieja conocida de Argaelo, que trabaja de camarera, y Marta, que desea conocerla, insiste hasta convencerlo para cenar una noche en el local.

–¡Madre mía, Víctor! –exclamó Elena–. ¡Te sabes la novela de cabo a rabo!

–En el restaurante –continuó Víctor con un punto de orgullo–, Claudio las presenta... Hay un fragmento... Sí, aquí está. Todo se resuelve con miradas. «Durante la cena, Marta seguía con la mirada las idas y venidas de Beatriz entre las mesas: su modo de anotar los pedidos, de inclinar la bandeja sobre las mesas para depositar los platos y los vasos. Pese a su uniforme, ¡era tan hermosa...! Había observado antes, mientras hablaban, sus manos expresivas, sus dedos largos y finos, las uñas pintadas de verde. Llevaba el pelo recogido con sencillez en una cola de caballo. ¿Por qué estaba Claudio tan nervioso? Intentaba disimular su azoramiento, pero los temas de conversación que sacaba, el mismo tono plano de su voz, que ahuecaba, le delataban. ¿Por qué Beatriz volvía la vista hacia ellos? Marta no entendía que su escrutamiento insistente de Beatriz la había alarmado, que cuando ésta miraba hacia su mesa, lo hacía no tanto para ver a Claudio como para comprobar si los ojos de Marta seguían fijos en ella. ¿Son amantes ya o sólo están enamorados?, pensó Marta».

–Es una escena muy sutil... –dijo Cristina–, me parece dificilísimo de rodar.

–Se puede convertir en imágenes –dijo Jaime–. Las sospechas de Marta, la incomodidad de Beatriz y de Claudio. Habría que hilar muy fino con los diálogos –Miró a Elena.

–No sabría qué decirte, Jaime... Lo intentaré –respondió ella.

–Por la noche –continuó Víctor–, ocurre un poco lo que comentaba antes Cristina. Ya en casa, Marta le exige a Claudio una demostración de cariño. Acaban haciendo el amor, pero después se dan la espalda y cada uno se encierra en sus pensamientos.

—A eso me refería —aceptó Cristina—; al mismo tiempo que obtiene una prueba de su amor, lo compromete.

—La escena me parece absolutamente válida y rotunda —dijo Jaime—. Pero hay que darle más fuerza visual. Toma nota, Víctor: después de que Marta y Claudio hagan el amor, se dan la espalda en la cama. Al rato, Claudio se levanta y sale al salón, o al balcón, y se sienta en la oscuridad. Luego se levanta Marta y lo mira desde el umbral, en silencio. No se acerca a él. Después de unos segundos, Marta vuelve al dormitorio.

El bolígrafo de Víctor arañaba el papel. Elena, entretanto, parecía marcar el ritmo de sus pensamientos con insistentes golpecitos del bolígrafo en las tapas de su cuaderno.

—¿Y Edward? —dijo finalmente Elena, cuando Víctor hubo terminado de escribir—. Bueno, mejor dicho, ¿qué pasa con Beatriz? Porque ella tiene dos amantes...

—Había pensado en prescindir de Edward —dijo Jaime.

—Pero Edward es el padre del bebé... —dijo Víctor.

—Por eso mismo. Es una de las cosas que no me convence de la novela, que Olga no sea hija de Claudio. ¿Tú qué opinas, Cristina?

—No lo sé... Quizás tengas razón. No todos los hombres aceptarían encargarse de una niña que no sea suya.

—Pues a mí ese detalle me gusta —dijo Elena—. Hace que Claudio me parezca más hombre.

—¡No pretendía valorar su hombría! —dijo Cristina.

—Da más fuerza a su personalidad —dijo Víctor.

—¿No creéis que despista del asunto principal? —les preguntó Jaime—. Beatriz decide tener sola a su hija. Cuando enferme y, finalmente, muera, lo lógico es que el padre se haga cargo de ella.

–Pero la otra opción, lo que se cuenta en la novela... –dijo Cristina–, siendo sólo su padrastro, se realza el amor por encima de esas... de los vínculos de sangre.

–Hay otra cosa –dijo Víctor–. Si tenemos a otro amante, a Edward, ya se percibe claramente que en realidad Beatriz no le corresponde; no está enamorada de Claudio, porque una mujer no puede estar enamorada de dos hombres a la vez.

Elena protestó. Cristina dijo "no sé". Los cuatro se enzarzaron en un debate acerca de tal posibilidad.

–¿Tú has estado enamorada alguna vez de dos hombres al mismo tiempo? –preguntó Víctor a Elena, insinuando una sonrisa para suavizar la impertinencia.

–¡Y de cuatro! –bromeó Jaime, que añadió–: pero no es ésa la cuestión. Creo que Víctor tiene razón: Beatriz se siente atraída por los dos hombres, le gustan, y como ellos la cortejan, los acepta como amantes. Es una mujer maleable, en ese sentido.

–Es una mujer libre –le corrigió Cristina, disgustada por el adjetivo "maleable" –. Además, si sólo tiene a Claudio como amante, se puede dar la sensación de que ella no tiene verdadera autonomía, de que está como a la expectativa, a la espera de que él se decida a separarse de su mujer.

–Te quiero, Cristina –dijo Jaime, satisfecho, y puntualizó–: cinematográficamente hablando.

–Yo también te quiero –respondió ella de un modo reflejo; luego añadió–: ¡eres nuestro mejor director!

Estos piropos no dejaban de halagar la vanidad de Jaime. Se había puesto en pie y había hecho ademán de sacar el paquete de puritos de su bolsillo, pero volvió a sentarse.

–Que no se nos olvide anotar ya una escena imprescindible –dijo–. Sosa, pero imprescindible. La consulta con el médico. Comunica a Beatriz que está embarazada, pero que debe pensar en las dificultades. Le recuerda su enfermedad y que para ella un embarazo es de alto riesgo –Se aseguró con la mirada de que Víctor ya tomaba nota de la escena.

–Luego, cuando Claudio va a verla otro día al restaurante, ella no lo atiende –dijo Elena–. Estuve pensando anoche en ello y me pareció una buena solución para la ruptura. Beatriz ya estaría de varios meses y empezaría a notársele la tripa.

–Puede ser –aceptó Jaime–. Hay que trabajarlo más.

–¿Y su compañera de piso? –dijo Víctor sin levantar la cabeza ni dejar de escribir–. Tiene una compañera de piso, Nora, con la que comparte los gastos del alojamiento.

–Podemos mantener a Nora en el guión –dijo Jaime–, pero no se puede contar su historia, es demasiado compleja y desviaría la atención. Nos puede servir como confidente de su decisión de abandonar a sus dos amantes.

Víctor apuntó: "Nora, confidente de la decisión de Beatriz. Historia de Nora, suprimida".

7
Caricaturas

A última hora de la tarde, un frente de nubes cargadas procedente del Atlántico había cubierto la sierra. La tormenta, con lluvia intensa y ocasionales caídas de rayos por la comarca, dejó sin electricidad la casa hasta bien entrada la noche. Elena y Víctor cenaron a la luz de un par de velas que habían encontrado en un cajón. Uno de los rayos cayó en los alrededores. El relámpago y el inmediato trueno los dejó sobrecogidos. Siguió un gran estruendo, como de un árbol que se resquebraja. Se asomaron a la ventana y distinguieron a lo lejos sobre la masa boscosa, durante varios minutos, un resplandor y una columna de humo, que poco a poco se fueron disipando. Esperaron despiertos a que Jaime regresara de Aracena. Volvió empapado. "Por fuera y por dentro", le susurró Elena a Víctor. Jaime, después de la cena, se había tomado unas copas en un bar con el pretexto de aguardar bajo techo a que escampara. Se atrevió a conducir hasta Carboneras, pero se resistió a probar suerte por el tortuoso camino que llevaba a la finca. Aparcó el coche a la entrada de la aldea y fue a la casa caminando los quinientos metros a oscuras, bajo la lluvia. Varias veces estuvo a punto de resbalar y caer en el barro. Cuando llegó, no acertaba a introducir la llave en la cerradura. Tuvieron que abrirle la puerta. Temblaba y estaba lívido. "Hace mucho frío", dijo con la boca entumecida, tiritando, y tropezó con una silla. Víctor lo sostuvo y lo llevó cogido de la cintura hasta el aseo de la planta primera, donde vomitó en la taza del retrete. Luego le ayudó a desnudarse y a entrar en la ducha. El aseo se inundó de vapor. "Gracias, Víctor, eres el mejor", le dijo. Toda la noche estuvo lloviendo. Durmieron mecidos por una lluvia constante y dulce.

La mañana siguiente, el cielo amaneció despejado. El sol resplandecía en la copa de los árboles y en la hierba húmeda. En alguna parte, un pájaro golpeaba insistentemente un tronco con el pico. Jaime irradiaba jovialidad.

–¡Anoche no pasó nada! –les dijo al reunirse con ellos en la cocina, anticipándose a cualquier comentario.

Acababan de desayunar cuando vieron que por el camino se acercaba Lisardo a caballo. Traía otro detrás, atado al suyo por las bridas.

–¡Era verdad, ha traído un caballo para mí! –exclamó Elena entusiasmada, saliendo de la casa a su encuentro.

Lisardo calzaba sus botas de montar, de caña alta, vestía un pantalón vaquero y una chaqueta de pana marrón sobre la camisa blanca. Llevaba puesto un sombrero de ala negro y, al cuello, un pañuelo estampado. Se mantenía muy recto sobre la montura, que caminaba al paso.

–Parece un señorito andaluz –observó Víctor desde la puerta.

–Lo es, lo es... –dijo Jaime asomándose a su espalda–; aunque haya nacido en Argüelles.

Luego, durante la charla, Jaime se reía para sus adentros. Viendo a Lisardo sentado en la silla plegable con las piernas cruzadas, balanceando la puntera de la bota arriba y abajo, con el sombrero encajado en la rodilla, le venía a la mente el comentario de Víctor. La situación le resultaba aún más cómica por el tema de conversación. Habían llegado al punto de la novela en el que Beatriz, que ha sido contratada como recepcionista en un hotel, se afilia a un sindicato y promueve elecciones para constituir un comité de empresa. Nada en la expresión de Lisardo delataba fastidio. Ni la menor sombra de desavenencia alteraba su expresión tranquila. Ni siquiera insinuaba una sonrisa. Tan sólo un gesto interfería en su pose: consultaba el reloj de pulsera con demasiada frecuencia, pero quizás se debía menos a la incomodidad que al deseo de salir por fin a dar el paseo a caballo.

Conocía a Lisardo desde hacía tres décadas, cuando el padre del productor decidió centrarse en otros negocios familiares y delegar la gestión de la empresa en su hijo más joven. Jaime fue testigo de una transformación intelectual meteórica: el recién licenciado en Derecho y en Economía, dispuesto a allanar el camino para un relevo generacional en el cine español, a la caza de talentos y receptivo a cualquier propuesta, se transformó en unos meses en un hombre cauto. Una cosa era participar sin responsabilidad en los debates de un cineclub, y otra muy distinta, negociar con los proveedores y con la plantilla y soportar la presión de los medios de comunicación y las distribuidoras. En esos treinta años de colaboración, la confianza entre el productor y el director era tal que en una ocasión Jaime le recordó, en un tono muy alejado del reproche, las ideas de su juventud. Lisardo afirmaba no haberlas cambiado por otras nuevas.

–Es cierto que en mi vida privada he adquirido hábitos conservadores –le dijo–. No voy a negarlo... sería estúpido. Pero en la cultura no soy conservador. Si un Orson Welles llamara mañana a mi puerta, aún podría reconocerlo: una persona dispuesta a apostar con fuerza por sus ideas, a no ceder en los valores artísticos de su proyecto, a discutir con quien haga falta y convencerlo de que, sea un éxito o un fracaso comercial, están a punto de hacer algo importante en la historia del séptimo arte... Pero me he encontrado con tantos artistas de tres al cuarto que confunden su exceso de ego con su poquito de talento... Artistas sin cintura, que claudican a las primeras dificultades y, en cuanto distinguen el brillo del oro, ya están dispuestos a que otros les escojan los encuadres...

Jaime supo leer entre líneas la acusación implícita en las palabras de Lisardo. A fin de cuentas, tampoco él era Orson Welles. Nunca volvieron a hablar del tema.

Esa mañana, a Elena también le costaba centrarse en la conversación. O mantenía la cabeza baja, con la mirada perdida en la misma página de su cuaderno, o la levantaba con desidia, mientras se mordisqueaba una uña. Su caballo la esperaba atado junto a la casa. Minutos antes, le había dado un terrón de azúcar. Aún notaba en la palma de la mano el belfo húmedo y el aliento cálido del animal. Los ojos negros y profundos habían despertado en ella un sentimiento de hermandad...

La noche anterior, a causa del apagón, no había tenido tiempo de releer los capítulos de la novela que estaban tratando hoy. De su primera lectura, recordaba vagamente algunas situaciones. Tras varios años de separación, se había restablecido la relación de Beatriz con su madre, Carmen. Unos meses después del parto, Beatriz había enviado por correo, al domicilio de su hermana en el pueblo, unas fotos del bebé. Elena no recordaba si el sobre había sido interceptado por Carmen o si era Susana la que había decidido mostrarle las fotos a su madre. Pero esta última decidió presentarse en la dirección del remite, ocultando a su marido el verdadero motivo del viaje a Madrid. La recibió una de las compañeras de piso de Beatriz, una estudiante que por las mañanas cuidaba del bebé. Su primera reacción, a la vista de una señora de oscuro y de semblante severo que se presentaba como la madre de Beatriz, fue cerrarle la puerta. Ella, Elena, habría hecho lo mismo. Carmen volvió a tocar el timbre y esperó. Tocó dos veces más. Finalmente se abrió la puerta, apenas unos centímetros. Por el resquicio asomaba la cabeza pelirroja de la muchacha.

"¿Qué quiere?"

Carmen vio al fondo, en el salón, un parque infantil, uno de esos pequeños recintos como jaulas de plástico con juguetes y muñecos. Distinguió el cuerpo del bebé, las piernas rollizas, oyó el balbuceo.

"Soy la abuela de Olga", insistió, "he venido a ver a mi nieta".

La compañera de piso, indecisa, dio un paso atrás. Carmen entró y dejó su bolso en el sofá. Al tomar a Olga en brazos, cuando la niña le golpeó la nariz con la manita y le tocó los párpados, Carmen sintió nacer un brote de afecto que ya no dejaría de crecer.

A Elena no le gustaban los niños. Tenía tres sobrinos pequeños, entre los siete y los diez años. Pero ni ahora ni al principio había jugado con ellos. No los entendía y no sabía cómo tratarlos. Más bien la desesperaban sus caprichos y cambios de carácter. El niño ideal no tenía miedos por las noches ni lloraba, se duchaba sin rechistar y podía pasar horas dibujando sentado a una mesa. Alguna vez en su familia le dijeron que ella era la más malcriada de las niñas, por sus antojos y sus rabietas, que se comportaba como una criatura mimada que sólo juega con los demás cuando se sabe el centro de la fiesta. Todo niño es un ser egoísta que reclama protagonismo, y ella seguía siendo en ese aspecto una niña. Algo había de cierto: ¿no sentía una secreta envidia de las atenciones que los mayores les dispensaban?

En opinión de Jaime, la reconciliación de Beatriz con Carmen se sustentaba en la relación entre la abuela y la nieta. La llegada de Carmen resumía muchas circunstancias de la historia y podía trasladarse fácilmente al guión. Sin embargo, debían eludir la tensa conversación que en la novela se establece cuando Beatriz regresa a mediodía del trabajo y encuentra a Olga en brazos de Carmen.

–La niña, al oír la puerta –propuso–, se echa a llorar. Beatriz entra y, después de unos segundos de desconcierto, sin saludar a su madre, le retira a la niña con cuidado. La coge en su regazo, abrazándola y sosteniéndole la cabeza con la mano, y, tras calmarla, la deja en la cuna.

–Luego, Carmen y Beatriz podrían darse un abrazo de reconciliación –propuso Elena.

–Resultaría... poco creíble –dijo Víctor, que en realidad pensó que un abrazo sería una solución empalagosa.

–No, no puede ser –dijo Jaime–. Carmen le dice a Beatriz... por ejemplo, que va a quedarse unos días más en Madrid y que le gustaría regresar al día siguiente para ver a la niña. Le explica que se aloja en una pensión. Beatriz no se lo niega. En estas circunstancias, la falta de respuesta se puede considerar una aceptación. Carmen recoge su bolso y se dirige a la puerta. Beatriz la acompaña. En el rellano, al darse la vuelta, Carmen ve que su hija está conteniendo el llanto... Saca un pañuelo del bolso y le seca las mejillas a Beatriz.

–Qué bonito... –dijo Elena.

–Creo.... –dijo Víctor–. Eso sería confuso. Daría a entender que Beatriz está arrepentida de algo y que busca el perdón de su madre. Es al contrario. Es Carmen la que debe disculparse por no haber respaldado las decisiones de su hija.

–¿Qué solución das entonces? –le preguntó Jaime, y puntualizó–: algo concreto.

–Tendría que pensarlo, pero... sería justo al revés. Es Carmen la que tiene los ojos brillantes. Beatriz está entera, pero es una persona cariñosa. Ella le seca las lágrimas a su madre con el pañuelo... Rectifico: con un solo dedo; da un paso hacia su madre y con la yema del índice le recoge una lágrima junto al párpado.

–Eso es cine, Víctor, eso es cine –lo felicitó Jaime.

Víctor se sonrojó. Había hecho una concesión al sentimentalismo con la imagen de la lágrima y el dedo. No entendía cómo podía habérsele ocurrido tal cosa. En la novela, Carmen y Beatriz charlaban y acababan discutiendo. Carmen, avergonzada por algo que había dicho sin pretender herir a su hija, se levantó y se dirigió a la puerta. Desde el rellano, se volvió y miró a Beatriz. A punto de pedirle perdón, se contuvo. Dudaba entre sus razones, engrasadas por años de una moral rutinaria, alimentada sólo con palabras repetidas y gestos, y el temor de perder definitivamente a su hija y a su nieta. Beatriz apreció por un instante en los ojos de Carmen un brillo de debilidad, que en seguida se apagó en su rostro adusto. Sólo un mechón rebelde que le caía sobre la ceja suavizaba su expresión. "Mañana volveré a ver a Olga", se despidió.

–Como hoy estás entonado, Víctor –dijo Jaime–, te agradecería que hicieras los honores a esta charla y nos dijeras por dónde continuar con el guión...

–Por dónde continuar... –repitió Víctor, con expresión reconcentrada, revisando sus anotaciones–. Sí, tenemos toda la narración del hotel... En la novela se le dedica casi cien páginas... Hay personajes muy interesantes, tanto entre los clientes como entre los empleados... Y está toda la cuestión de las relaciones laborales, la actividad sindical...

Había hecho un resumen... A ver si lo encuentro. Es imprescindible tratarlo para que la personalidad de Beatriz se dibuje ya plenamente.

Víctor levantó un momento la cabeza y miró alternativamente a Jaime y a Lisardo, buscando aprobación. El director miraba al productor con una expresión que a Víctor le pareció risueña, como divertido por algo. Lisardo, por el contrario, seguía impertérrito, muy erguido en la silla plegable con su vestimenta de jinete.

–Sí, es imprescindible –asintió Jaime con una inclinación de la cabeza, animándole a continuar.

–Beatriz ha encontrado trabajo en un hotel cerca del aeropuerto de Barajas –dijo Víctor–. En la recepción. He comprobado que el hotel existió, luego cambió de propietario y de nombre. No sé si sería conveniente mantener el nombre del establecimiento...

–Mejor no –dijo Jaime.

–"El hotel tiene más de doscientas habitaciones –leyó Víctor su resumen–, piscina, cafetería con sala de baile anexa, un restaurante. Un hotel sencillo que da servicio al aeropuerto y a grupos de turistas que visitan Madrid. Tras la fachada de eficiencia y pulcritud de las instalaciones y los empleados, se esconde una realidad muy distinta. El conserje del turno de noche, con un frondoso mostacho, tiene la costumbre de asomarse a las habitaciones de algunas clientes. Uno de los conductores de la furgoneta del hotel es alcohólico, y una de las camareras de habitaciones, cleptómana. En ausencia de los clientes, inspecciona los cajones en busca de objetos de valor. Tiene un compinche en recepción. Entre los dos, sisan al hotel parte de los importes del minibar, fingiendo que algunos clientes se marchan sin declarar sus consumiciones..."

Elena había soltado una risotada.

–¡Ese hotel es una ruina! –exclamó–.

–"El director, que ha ascendido por promoción interna después de treinta años de servicio en la empresa, no sabe ningún idioma extranjero –prosiguió Víctor–. Es inmensamente gordo y conduce un coche de gama alta, más lujoso que el mejor coche de cualquier cliente. Disfruta vejando a sus subordinados. Todos le temen. Les paga la nómina mensual en mano, con cheque. A principio de mes van pasando uno a uno a su despacho y él, reteniendo el cheque, les recuerda aquello que han hecho mal el mes anterior. Aunque los sueldos son buenos, propios de un sector boyante, las condiciones de trabajo son lastimosas. De los cinco cocineros, dos están de baja por prescripción del psiquiatra, uno de ellos con una depresión aguda. El otro se encuentra ingresado, en observación, después de que persiguiera a uno de sus compañeros empuñando un cuchillo. Esto obliga a los demás a trabajar todos los días de la semana cubriendo todos los turnos. Hay además un pinche joven que padece una malformación en la espalda. Ha firmado un contrato de jornada reducida, pero también él trabaja un promedio de diez o doce horas diarias..."

–Tienes que darnos la tarjeta de ese hotel –bromeó Jaime.

Lisardo se había girado imperceptiblemente hacia Víctor. Su expresión denotaba estupor.

Víctor se disponía a continuar con la lectura, pero Jaime le preguntó cuántas páginas quedaban, señalando su cuaderno de notas.

–Tres o cuatro –contestó.

–Me gusta el número –dijo Jaime–. Ya sabes, ésos son los personajes en los que debemos centrarnos, tres o cuatro: el director del hotel, algún cocinero, o quizá el pinche...

—He ido subrayando los más importantes –dijo Víctor.

—Unas pocas escenas que nos dibujen el terreno que pisamos. ¡Corremos el riesgo de levantar un hotel inverosímil! Luego hay que pasar al compromiso de Beatriz.

En la conversación que Víctor sostuvo con el autor, éste le reconoció que no había acertado en la narración de los sucesos del hotel; su dictamen coincidía con el de Jaime.

—Lo real resulta a veces inverosímil –le dijo el autor–. Pero todo es cierto. Me inspiré en un despido improcedente del que me hice cargo.

—¿Entonces...? –preguntó Víctor.

—No conseguí entender las motivaciones profundas de cada personaje... Si no lo haces, te arriesgas a caer en la caricatura. Incluso ese director autoritario tendría su talón de Aquiles. No lo encontré. Tenía que haber penetrado por su punto vulnerable para llegar a su verdad, al meollo de sus sentimientos. ¿Recuerdas? El autor no puede juzgar a los personajes. Pero yo no pude dejar de juzgarlos.

—No me extraña –dijo Víctor.

—Me arrepiento de no haber rescrito con más calma todas esas páginas... Tiempo perdido...

Jaime quería cerrar esta parte con la escena de la asamblea en el sótano del hotel. Era un punto de inflexión en las relaciones de Beatriz con el resto de sus compañeros. Meses antes había promovido la convocatoria de elecciones sindicales. Luego, como representante de los trabajadores, intentó crear un calendario laboral anual, tal como estipulaba la ley. De este modo lograría que la dirección del hotel se viera forzada a aumentar la plantilla, contratando más personal y respetando las jornadas máximas. El objetivo era conseguir que las horas extra fueran una solución ocasional y de urgencia, bien retribuidas, no parte de la rutina ni pagadas abusivamente con dinero negro. Pero primero debía conseguir que la plantilla existente aprobase en las urnas, departamento por departamento, la reforma de sus turnos, que pasarían a ser rotativos.

–Sótano del hotel –dijo Jaime–. Unas hileras de sillas y, al fondo, una mesa larga con las urnas. Beatriz, como representante de los trabajadores, y el empleado más joven y el más viejo presiden la mesa y levantarán acta. Todos los presentes se van acercando y depositan su voto; algunos expresan en voz alta que no están de acuerdo, otros su conformidad. Cuando llega el turno de las camareras de habitaciones, una veterana, la cleptómana, se pone en pie y dice que todas ellas han decidido por consenso no votar. Así que todas se ponen en pie y se marchan de la sala.

–No lo entiendo –dijo Elena–. ¿Por qué hicieron eso?

–Algunas tenían turnos consolidados, que les convenían por interés personal –le explicó Víctor–. Eran veteranas en la empresa y libraban todos los fines de semana, o se tomaban libre siempre el mismo día, a su conveniencia... No estaban dispuestas a rotar los turnos y coaccionaron a las demás.

–Tenemos que dar cuerpo a esta escena –dijo Jaime–. Y dejar claros los antecedentes. Es cosa tuya, Víctor. El personaje de la cleptómana, una manipuladora. Otra compañera de poco carácter, amiga de Beatriz, pero que se achica. Hay que incluir la reunión privada de las camareras de habitaciones, donde dejaremos claras las motivaciones y las presiones que sufren unas trabajadoras a manos de otras.

–Poco después de eso, Beatriz es despedida –dijo Víctor–. En vísperas de Navidad. La dirección organiza la tradicional cena de empresa, a la que no asistirá Beatriz, y entrega placas de homenaje a sus mejores empleados.

–Trabaja eso también –le pidió Jaime–, aunque no sé si será necesario en el guión definitivo.

Jaime reparó en que Lisardo había consultado la hora, simplemente girando la muñeca y desviando los ojos hacia su reloj de pulsera. También él decidió consultarlo. Luego se dio sendas palmadas en las rodillas, poniéndose en pie.

–Basta de palabrería por esta mañana, Víctor. ¿Nos vemos esta tarde? Los tres –dijo, mirando a Elena. Y añadió–: A las seis.

En realidad, estuvo a punto de decir: "Víctor, vamos a descansar, que estos dos quieren irse a montar a caballo", remedando un chiste que solía usar cuando tenía invitados en casa y la velada llegaba a su fin. En tales ocasiones le decía a su mujer: "Vamos a acostarnos, que esta gente tiene ganas de marcharse".

Elena y Lisardo dieron un largo paseo a caballo. Tomaron la carretera hacia Aracena y pronto enlazaron con un sendero que, por la zona más alta y húmeda de la sierra, discurría entre fincas de castaños. Elena no tenía ojos para el paisaje. Toda su atención, todo su ser, estaba en ese caballo que montaba. Tenía la mirada fija en el espinazo y en la crin. Sentía en la pelvis cada paso del animal, y el más ligero cabeceo o un resoplido le inducían casi una descarga eléctrica a lo largo de la espalda. Había acompasado su respiración con la marcha del caballo. A veces se inclinaba ligeramente y, adelantando una mano, le acariciaba el cuello, tan robusto y cálido. Lisardo, entretanto, le explicaba los ciclos estacionales de los árboles y las plantas de la zona. Cuándo caían las bellotas y las castañas, cuándo crecía la hierba en las dehesas, cuándo el campo se cubría de flores.

Entraron en un castañar por un hueco en la cerca de piedra, que se había desmoronado en ese punto.

Lisardo le había preguntado por su opinión sobre la secuencia en el sótano del hotel.

–A mí no me gusta especialmente –dijo Elena–. Todas esas páginas sobre la actividad sindical me resultaron aburridísimas.

–¿No estás sindicada? –le preguntó Lisardo–. Serías la primera cineasta que conozco que no pertenece a algún sindicato...

–Estoy en uno. Si no te afilias, algunos compañeros te miran mal... Pero no suelo asistir a asambleas, mucho menos a manifestaciones.

–Conviene hacerlo de vez en cuando –dijo Lisardo–. Es toda una experiencia. La percepción de una batalla depende de cómo sienta uno la cabeza sobre los hombros y de qué parte esté.

Elena no le había entendido, aunque siguió pensando en ello.

Habían llegado a una zona apartada del camino y umbría. Los castaños eran enormes; algunos troncos, cuyo diámetro superaba el metro y medio, sólo se podrían abarcar con los brazos enlazados de dos personas.

–Vamos a dar un descanso a los caballos, que coman algo de hierba fresca –dijo Lisardo.

–Qué lugar tan tranquilo –dijo ella–. ¿Estamos solos?

–Completamente solos.

Él había desmontado y había atado su montura a un arbusto. Elena desmontó sin ayuda, de un salto. Se sintió como una intrépida amazona y feliz de pisar por fin el suelo. Luego se apoyó de espaldas en el tronco de un castaño.

–Con lo que siempre me abstengo es con las cosas de la política –dijo.

–Ésa es una decisión sabia –observó Lisardo, acercándose a ella.

–En todas las demás cosas, la abstención no me gusta –le dijo, sonriendo–. Soy partidaria de probarlo todo en la vida...

Lisardo se detuvo frente a ella y, tomándola de la cabeza con ambas manos, la besó en la boca. Elena, durante un instante, mantuvo los brazos caídos a lo largo del cuerpo. Sentirse deseada, nada le resultaba tan agradable. Acarició la entrepierna de Lisardo con la palma de la mano, hasta provocar su erección. Le mordisqueó los labios. Primero suavemente, después casi con frenesí. Esperó hasta que él le acarició un pecho sobre la blusa, jugando con el pezón entre los dedos. Entonces le bajó la cremallera del pantalón y, despacio, le desabrochó el cinturón.

A mediodía, Víctor preparó una tortilla de patatas y una ensalada de pimientos morrones con atún. Puso la mesa: el par de platos, los cubiertos, las servilletas de papel, dos vasos y la botella de tinto. Cuando regresó Elena, la tortilla aún estaba caliente. Llegó a pie por el camino que llevaba hasta la casa, aún calzada con las botas de montar que le había prestado Lisardo. Él la había acompañado hasta la aldea, luego se había marchado con los dos caballos.

–Tiene todo muy buena pinta –dijo ella con un mohín de cansancio al ver la mesa dispuesta–, pero... Seguro que la tortilla está buenísima. Gracias, Víctor, pero la verdad es que estoy agotada. Sólo tengo ganas de darme una ducha caliente y meterme un rato en la cama a descansar. Déjame un trocito para después, para probarla. ¡Esto de montar a caballo es agotador!

Víctor la miró mientras subía las escaleras, hasta que sus piernas desaparecieron en la primera planta. Había pensado en decirle que el rímel se le había corrido por los párpados. ¿Había llorado por algún motivo? O quizá se debía al esfuerzo, al sudor.

Cortó la tortilla en dos y apartó una mitad para Elena. Bebió un vaso de vino y comió la ensalada. La tortilla le había salido a pedir de boca, dorada y esponjosa. Cuando hubo terminado su parte, volvió a dividir en dos la otra mitad. Se sirvió otro vaso de vino. Finalmente tuvo que reprimirse para no seguir comiendo: se levantó de la silla, recogió el plato con el cuarto de tortilla sobrante y lo metió en el microondas cubierto con una servilleta.

8
Un matrimonio sin sexo

Cuando despertó por la mañana, Jaime seguía de mal humor. Ni él mismo sabía el motivo concreto. Había dormido mal, inquieto, y, pese a las muchas horas perdidas en la cama, tenía la sensación de no haber descansado lo suficiente. La noche anterior, mientras cenaba en un restaurante de Aracena, había hablado por teléfono con su mujer. Las cosas seguían bien por casa. Su hija menor, embarazada de nueve meses, salía de cuentas la próxima semana y él esperaba hallarse en Madrid cuando diera a luz. No le gustaba hablar por teléfono, menos aún mantener una conversación por móvil en un lugar público, pero su mujer insistía en que le contara "cosas" de su viaje, de la zona y del trabajo. Debía de estar aburrida. Cosas, ¿qué cosas? ¿Los pormenores del guión de una película en la que nadie creía? En la mesa de al lado, media docena de jóvenes celebraban algo, un aniversario, un reencuentro, un éxito en los estudios o en sus primeros empleos. O tan sólo que eran jóvenes. Reían en exceso, con ese nerviosismo que delata más malicia que alegría. En algún momento había tenido la impresión de que hablaban de él con indirectas y que alguno propinaba a otro ese codazo propio del humano inmaduro y gregario. Quizás les divertían sus gafas de montura negra y gruesos cristales, o su plato de coles de bruselas y zanahoria hervida, o el periódico abierto sobre la mesa por la sección de política nacional, o todo al mismo tiempo.

–Te tengo que dejar –le dijo a su mujer–, no estoy solo.

–Ah, estás acompañado... Hablamos en otro momento.

–Sí, mañana hablamos de nuevo.

Cuando cortó, apareció en pantalla el aviso de una llamada perdida de Lisardo. El productor le había dejado un mensaje de voz en el contestador. Se oía música de piano de fondo, allá donde Lisardo se encontrase: "Jaime, te invito mañana a almorzar. ¿Pasas a recogerme por casa? Un saludo". Le respondió con un mensaje de texto tan escueto como su entusiasmo por la cita: "Ok".

En busca del coche, que había dejado aparcado en una calle periférica, se perdió y acabó deambulando por la ciudad. Su paseo le condujo a un pequeño parque municipal llamado de Arias Montano. Aunque el recinto estaba circundado por una verja, las cancelas aún permanecían abiertas; supuso que a cierta hora de la noche un empleado acudiría a cerrarlas con llave, regresando a primera hora de la mañana para abrirlas de nuevo. No había nadie y la noche era agradable, inusualmente cálida para el comienzo del otoño. Se sentó en un banco frente a un busto del teólogo. Encendió un cigarrillo, esperando que los pensamientos fluyeran y se volatilizasen como el tabaco. Tosió. Tenía que dejar el vicio. Una nueva ley, que se aprobaría meses después y que prohibiría el consumo de tabaco en locales cerrados, era un acicate más para decidirse. Muchas veces, habiéndose propuesto fumar el último cigarrillo, había arrojado a la papelera un paquete sin acabar, antes de acudir ansioso al estanco a comprar otro. Un verso acudió a su memoria: "Como latas de cerveza vacía y colillas de cigarrillos apagados, han sido mis días".

Siempre llevaba consigo dos pequeños cuadernos. En uno apuntaba ideas para los proyectos en los que trabajaba. El otro era una colección de citas tomadas de aquí y de allá sin orden ni objetivo. Tan sólo frases, versos, aforismos, que le habían impactado y que atesoraba como un complemento de su memoria. Junto a una máxima de Nietzsche o Lichtenberg, unos versos de san Juan de la Cruz. "Un fantasma recorre Europa, el fantasma del comunismo", de Marx y Engels, e inmediatamente después: "El hombre es la medida de todas las cosas, de las que son, en tanto que son, y de las que no son, en tanto que no son", de Protágoras.

Lo sacó del bolsillo, lo abrió al azar y leyó: "Se derraman más lágrimas por las plegarias atendidas que por las no atendidas". Era la cita de santa Teresa que encabezaba una novela de Truman Capote. No era el mejor libro del escritor estadounidense. Pero qué frase tan sugerente para presentar una novela. Volvió a cerrar el cuaderno y se encendió otro cigarrillo. Las plegarias atendidas... No conocía bien la obra de santa Teresa. Fuera de contexto, la frase podía leerse también como una advertencia. Las lágrimas por las plegarias atendidas ¿eran de dicha y de plenitud? ¿O expresaban, por el contrario, el dolor de la decepción? La conquista de lo deseado disipa la niebla y los espejismos de la ilusión y nos confronta con la realidad, no siempre agradable.

La decepción no se enseña en ninguna escuela. Él mismo, el breve periodo en el que había impartido clases de dirección, había procurado ilusionar más que precaver. Muchos de sus alumnos tenían talento, pero la cinematografía, más aún que las demás expresiones culturales, era una industria, una industria muy influyente, y como tal sometida a imperativos financieros, de comunicación y políticos. Pocos de esos cineastas cachorros encontrarían al productor que estimulase su vocación y los mimase, para permitir que sus proyectos se convirtieran en obras acabadas, que gozaran de una adecuada difusión. Había conocido a muchos aviadores malogrados, por volar, como Ícaro, demasiado cerca del sol con alas de cera.

El rasgo definitorio de su carácter, por el contrario, era la prudencia, y sabía que también se había conducido en su profesión con una buena dosis de oportunismo. Había realizado comedias y policíacas peor que malas, alguna pasable, y sólo un par de películas de las que se sintiera orgulloso. Las dos habían sido clamorosos fracasos de taquilla. Su proyecto más ambicioso dormía desde hacía dos décadas en una caja en el trastero, un largometraje en capítulos para televisión: la biografía de Felipe II. Había pagado de su bolsillo a los guionistas y se había tomado un año sabático para coordinarlos. Nunca consiguió financiación para rodarla, sólo dilaciones y vagas promesas. Le costó cinco años recuperarse económica y anímicamente del proyecto frustrado, borrar de su mente aquel mundo imaginado, toda aquella galería de científicos, humanistas y artistas protegidos por el último monarca moderno. Animados por la esperanza del Nuevo Mundo, de una nueva era, aquellos idealistas acabaron siendo meros propagandistas de un régimen autocomplaciente, vencidos por el Concilio de Trento y la Contrarreforma, por las intrigas de la Corte, la nobleza y los banqueros. Desde entonces, él compartía el criterio de quienes constataban en el presente un nuevo y gran salto atrás en la historia, otra contrarreforma social y cultural, aunque de signo muy distinto. La consecuencia era una ciudadanía idiotizada, apartada de la gestión de lo público, consumidora de marcas comerciales y siglas de partidos políticos, sometida a las viejas oligarquías disfrazadas con nuevas máscaras...

Aquella frustración le llevó, a los cuarenta años de edad, a plantearse cambiar de profesión. Demasiados años para actualizar sus estudios de medicina y abrir consulta. ¿Qué otra cosa sabía hacer, aparte de rodar películas? Éste era su oficio: iluminar, escoger decorados, aceptar propuestas de vestuario, incentivar a los actores, emplazar una cámara, cortar y pegar fotogramas... Ahora, ya viejo y más sabio, volviendo la vista atrás, concluyó con resignación que le había ido bien en la vida, mucho mejor que a la mayoría. Había mantenido con holgura a su familia y no dudaría en afirmar que, en los momentos decisivos, había optado por la honestidad. No tenía motivo para quejarse. Era cierto que no había colmado su medida, pero ¿cuántos lo lograban?

Un hombre se acercó a él con un manojo de llaves en la mano.

–Disculpe, tenemos que cerrar.

–Oh, claro –dijo levantándose–. ¿Tiene hora?

El guarda consultó su reloj de pulsera, orientando la esfera hacia la luz de un farol. Era tan viejo como él, un hombre enjuto con la cara cuajada de arrugas.

–Casi las once –dijo–. Tenía que haber cerrado hace media hora.

–Pues vámonos. ¿Un cigarrillo? –ofreció Jaime, mostrándole el paquete.

–...No. Gracias. Lo dejé hace muchos años.

–Eso está bien.

Caminaron juntos hacia la salida, hablando del buen clima de la comarca y de la recolección de setas, cuya temporada estaba a punto de comenzar.

Jaime se levantó a media mañana. Después de tomar un café en pijama en su habitación, decidió darse una ducha fría. Contó hasta veinte segundos bajo el chorro gélido.

Cuando salió, su piel estaba enrojecida. Casi podía sentir la sangre borboteando cálida en sus venas.

Víctor y Elena se hallaban reunidos desde hacía rato cuando Jaime se incorporó a la charla. El equipo de guionistas trató el reencuentro de Beatriz y Claudio. Habían pasado cuatro años desde el nacimiento de Olga; poco tiempo cuando se es adulto, pero una eternidad para dos jóvenes. Víctor propuso caracterizar a Claudio con barba, más grueso, y a Beatriz más delgada, con la piel estropeada prematuramente, "sin maquillar". Su enfermedad coronaria crónica se había agravado y los estragos causados en su salud ya eran visibles. Coincidieron la mañana de un domingo en el parque madrileño de la Emperatriz María Eugenia, que separaba los barrios en los que vivían. Era un día invernal, aplastado por el peso de un cielo bajo y blanco. Sus bocas exhalaban vaho. Charlaron sentados en un banco mientras que Olga, con un abrigo que le llegaba hasta los pies, jugaba en cuclillas en la arena, con un cubo y una pala de plástico. Según Víctor, esta primera conversación de los dos amigos se podía fundir con la otra, más larga, que mantenían en la cama días después. A Elena le pareció una solución acertada, solapar ambos diálogos, "coserlos" con una suave transición de imágenes desde el parque invernal hasta la intimidad del dormitorio. Jaime se mostró renuente, pero no expresó el porqué. Rodar un prolongado diálogo en dos ambientes distintos le resultaría muy atractivo si confiase en la capacidad de Elena para resolver la adaptación. Era, con mucho, la conversación más larga de la novela, decenas de páginas de una confesión a dúo, en la que ambos personajes desvelaban sus pensamientos y preocupaciones más íntimos.

—Vamos a darnos tiempo con esto —les dijo. Sus ojos se detuvieron instintivamente en los de Elena. ¿Cómo podría aquella cabecita frívola condensar una conversación de tantas páginas, intercalada con pensamientos introspectivos y con recuerdos, en unos pocos minutos de diálogo cinematográfico directo? Hundió los dedos en el bolsillo de la camisa y sacó el paquete de tabaco. Se puso en pie con un suspiro–. Tengo que dejaros por esta mañana... Tengo una cita. Seguid trabajando vosotros. Nos vemos esta tarde, aquí a la hora de siempre.

Cuando Jaime se hubo marchado, Víctor y Elena se miraron, consternados por su partida.

–Habrá quedado a comer con Lisardo –dijo Víctor, volviendo su atención a los papeles que sostenía en las rodillas–. ¿Seguimos?

–¿Dónde tendrá lugar la conversación de la cama? ¿En casa de Beatriz o en la de Claudio?

–... En la de Claudio –respondió Víctor tras un instante de vacilación. Explicó:– Así se utilizará el mismo decorado cuando se casen y Beatriz se mude con él.

Jaime y Lisardo fueron a comer a la Posada de Cortegana, en un paraje a más de veinte kilómetros de Aracena, al que se llegaba por la carretera autonómica, tomando en un desvío un camino rural. El complejo, junto a un arroyo, constaba de varias decenas de cabañas de madera y un par de construcciones de piedra con estancias de uso común y un restaurante. Había regresado el frío, así que en lugar de sentarse a una de las mesas del exterior a la sombra de los sauces llorones, tomaron asiento dentro. En el restaurante sólo comía una pareja de ancianos británicos, que pidieron sus platos silabeando con dificultad la carta.

–Debe de ser muy importante lo que tengas que decirme para traerme tan lejos... –dijo Jaime.

—Me gusta el sitio. Es cierto que viene poca gente fuera del verano. ¿No te parece hermoso el lugar?

—Sí, mucho —asintió. Siguió la mirada de Lisardo, que había recorrido el techo de madera y luego se había vuelto hacia el arroyo. Iluminados por la claridad exterior, sus ojos parecían más verdes. Lisardo era un hombre guapo. "Su pose es estudiada", pensó Jaime.

—Hubo un tiempo en que Cristina y yo veníamos a menudo a cenar. Nos quedábamos a pasar la noche en una de las cabañas. Son pequeñas, confortables... Pero dime cómo va el guión —Cambió de postura. No miró a Jaime, sino que tomó la carta de platos y la estudió.

—Bien... Va bien... —dijo Jaime, tomando también su carta—. Estos días están siendo productivos. Se avanza despacio en esta fase, pero estamos aclarando muchas escenas.

—Si te apetece pescado, los jueves lo tienen fresco.

El camarero se había acercado para tomarles nota del pedido.

—Para mí, solomillo en salsa —dijo Lisardo, extendiéndole la carta.

—Yo tomaré el salteado de atún.

—¿De beber? —preguntó el camarero.

Jaime, con un gesto de la mano, le cedió a Lisardo la decisión sobre el vino.

—Tráiganos un rosado portugués... un Mateus.

—Iremos cumpliendo con los plazos de la película —dijo Jaime—, si el chico responde y prepara el tratamiento literario a tiempo.

—¿El chico?

—Bueno; quiero decir... Víctor.

Lisardo había tomado un puñado de almendras tostadas del platito que les habían servido como aperitivo y se las había metido en la boca.

116

–Ya sé que tus dos guionistas son novatos –dijo mientras masticaba–, pero si no damos oportunidades a los pimpollos, nunca tendremos savia fresca.

–Me parece una decisión acertada, aunque no descartaría tener que buscar ayuda de un veterano dentro de unas semanas...

–¿No te gustan las almendras? –le preguntó Lisardo, empujando el platito hacia Jaime–. Estás a tiempo de coger alguna, porque a mí me pierden.

Jaime tomó un puñado. Se entretuvo quitándoles la piel tostada antes de comerlas, concentrándose en esta tarea.

–En fin. Si necesitas ayuda en la última fase del guión... –dijo Lisardo–. Eso tienes que sopesarlo tú...

–Veremos. Te lo diré dentro de un tiempo.

–El chico, como tú dices, fue compañero de trabajo de mi hija –prosiguió Lisardo–. También habían coincidido en la universidad, creo. Lo tiene endiosado. "Genio" es lo peor que dice de él. Genio en potencia, porque está desaprovechado, claro. Al parecer tiene una cultura enciclopédica y es muy bueno escribiendo noticias culturales para la radio.

–Sí, puede ser –aceptó Jaime–. Se está volcando mucho en el guión. Es el que mejor conoce la novela. Debe de haberla leído media docena de veces. Peca por exceso, porque tiende a respetar demasiado el original.

–Ahí estás tú para enderezarle.

–Supongo.

El camarero se acercó a ellos con un carrito y les sirvió el vino y los platos.

–Claro que una cosa es lo que piense mi hija –dijo Lisardo, cortando un pedazo de solomillo– y otra es lo que piense yo. Con franqueza... Víctor me parece un imbécil.

En ese mismo instante, Jaime se arrepintió de haber dado pie a Lisardo al expresar dudas sobre la profesionalidad de Víctor. Era un novato, de acuerdo. Estaba aprendiendo. ¿Quién podía valorar ya el resultado de su trabajo? Optó por callar. Tomó un pedazo de atún con el tenedor.

—Pero ya me conoces —dijo Lisardo, sirviéndose más vino en su copa—. Distingo entre lo personal y lo profesional. Si el tratamiento literario es bueno, siempre tendrá las puertas abiertas en esta productora.

Precisamente porque Jaime conocía a Lisardo, sabía que las puertas ya se habían cerrado para Víctor. Lisardo no era hombre que cambiara fácilmente de criterio. Sólo exponía sus opiniones cuando se habían vuelto duras como la piedra.

—Háblame un poco del argumento —dijo Lisardo después de un largo silencio—. ¿De qué trata la película?

Jaime sonrió para sí.

—No te ha gustado lo que escuchaste ayer...

—Me ha desorientado. Pensaba que estábamos haciendo una película de amor.

—Y lo es, Lisardo, es una película de amor. Pero no sólo de amor vive el hombre...

—Claro, claro... En fin, no te preocupes. Ya leeré el tratamiento. ¿Un mes?

—Sí, en un mes debería estar listo.

—Estupendo, estupendo... Lo importante es que hagáis vuestro trabajo con tranquilidad. A Cristina le gustó mucho la novela. Confío en su buen gusto... y en tu saber hacer —pinchó con el tenedor otro pedazo de carne—. Pero no es de esto de lo que quería hablarte, sino de Arniches.

—¿Arniches?

—Estamos pendientes de un acuerdo, de un patrocinio. Nos presentaron un guión, hace ya meses. Lo presentamos a una fundación financiera y nos olvidamos de él. No es malo, una adaptación a la época actual de un enredo de Arniches.

—Líos de faldas, cuernos, equívocos de guardarropa... —dijo Jaime con ironía.

—*El apartamento*, de Willy Wilder, también es un lío de faldas, y no por eso deja de ser una obra maestra... —Se metió el pedazo de carne en la boca. Lo masticó—. De momento es todo lo que puedo decirte. Quiero que sepas que cuento contigo si el proyecto se pusiera en marcha —Y añadió, antes de dar un sorbo a su vaso de vino:— Siempre se te han dado especialmente bien las comedias de enredo...

Jaime no contestó. Sentía un profundo malestar, a punto de convertirse en rabia contenida. Estaba hastiado del juego de los sobrentendidos. Supo en ese momento que Lisardo ya había tomado la decisión de no rodar *Olga y la ciudad*. El porqué ya no importaba. Al ofrecerle dirigir otra película, le estaba proporcionando la pasarela para huir de un barco que se hundiría irremediablemente, con Víctor y Elena como polizones abandonados a su suerte. A él le correspondería, llegado el momento, dar la voz de "sálvese quien pueda". Jaime quiso apartar de su cabeza tales pensamientos. Sonrió. Se sirvió más vino en la copa y la levantó.

—¿Brindamos? —dijo.

Lisardo arqueó las cejas, con perplejidad.

—Por qué no —repuso, levantando su copa.

Antes de regresar a la finca La Fuentecilla, tras dejar a Lisardo en Aracena, Jaime se detuvo en un bar de carretera y pidió un té. Estuvo viendo en la tele un documental al que nadie más en el establecimiento hacía caso, sobre las colonias de pingüinos en el Antártico. El local en penumbra y desangelado, el suelo gris y sucio, el televisor encendido para nadie, acrecentaron su mal humor. Se le había hecho demasiado tarde para echarse la siesta. Cuando llegó de vuelta a la casa, Víctor y Elena ya lo esperaban en el comedor de la planta baja tomando un café.

—No queda en la cafetera, pero puedo preparar más en un momento —ofreció Víctor.

"Me vendría mejor una tila", pensó Jaime, sentándose a la mesa. Cuando Víctor le respondió que no habían comprado infusiones, reparó en que había expresado su pensamiento entre dientes.

Elena parecía preocupada. Se sentía insegura, un cero a la izquierda. En los seis días que llevaba en la casa, la sensación de no encajar en el equipo no la había abandonado. No estaba preparada para este proyecto. Estaba acostumbrada a series de televisión ligeras, en las que se imponían las meras ocurrencias sobre la elaboración, casi improvisadas. Si algún diálogo se descartaba en un capítulo, se conservaba para el siguiente. En la televisión estaba en su salsa. Pero aquí... Tantas vueltas en torno a cada escena, tantos detalles y matices, cabos por atar... ¿Se había equivocado con Lisardo la mañana anterior? Cuando se marcharon del castañar, hicieron el camino de vuelta sin hablarse. En ningún momento Lisardo sugirió repetir la cita. Cuando ella intentó iniciar una conversación, él se limitó a responder con un monosílabo. El mismo hecho de que le pidiera que descabalgase en la aldea de Carboneras, en lugar de acompañarla hasta la finca, le pareció una descortesía. Mientras recorría a pie el camino, un cerdo ibérico, que gruñó tras una valla, la asustó. Resbaló y estuvo a punto de caer en un charco. Empezaba a estar cansada de este lugar, de esta sierra, de las encinas y de los alcornoques, que seguía sin distinguir.

—Estábamos con que Claudio y Beatriz han vuelto a encontrarse —dijo Jaime, que se había quitado las gafas y se restregaba los párpados–. Son adultos formados. Rehacen su relación y se casan. Beatriz se ha mudado al pequeño apartamento de Claudio, que casi se convierte en su enfermero. La salud de Beatriz sigue empeorando. Finalmente, incapaz de trabajar, vive dependiente de una botella de oxígeno, postrada en la cama... Volverá con sus padres a Argaelo, al pueblo de Soria, donde morirá. Todo esto dura... ¿uno, dos años? –Buscó con la mirada la aprobación de Víctor–. Ocupa un tercio de la novela, pero en la película tenemos que condensarlo. Veinte minutos.

–¿Veinte minutos? –Víctor mostró su asombro.

–O pocos más –insistió Jaime–. Hay que traducirlo en unas pocas escenas vigorosas, pero lentas. Necesitamos que el ritmo de esta última parte sea más lento. Más silencios que diálogos. La excepción sería ese del que hablamos esta mañana, en el parque y en la cama. Ese diálogo tiene que aclarar la situación para los espectadores y encerrar las claves para que puedan interpretar el final.

–Dicho así... –insinuó Elena– parece poquita cosa...

–No lo es, no lo es... –dijo Jaime–. Pero me alegro de que te lo parezca. Cuento contigo para resolver ese... diálogo.

"Ese maldito diálogo", había estado a punto de decir.

Elena se sonrojó, como una niña sorprendida en una mentira, y en el resto de la conversación, no logró superar una actitud retraída, a la defensiva. Tan sólo en una ocasión volvió a intervenir. Víctor leyó sus anotaciones: "Claudio y Beatriz están en el dormitorio. Se besan de pie y Claudio le desabotona la blusa. Se tienden en la cama desnudos, abrazados, pero Beatriz se niega a continuar, llorando, y se gira, dándole la espalda".

–Tienen que hacer el amor –dijo Elena.

Víctor la contestó sin mirarla, dirigiéndose a Jaime:

—Eso es lo que el espectador espera... Ya sé lo que me vas a decir, Jaime, que podemos traicionar la novela también en esto. Pero pienso que la escena funcionaría mejor sin sexo.

Víctor opinaba que el sexo desvirtuaría el sentido de la relación que se establece entre los dos amigos. En la conversación, Beatriz explicaba a Claudio que su enfermedad había entrado en una fase degenerativa. Apenas si podía trabajar y dentro de poco tiempo quizás ni siquiera podría valerse por sí misma. Temía no tanto por su vida como por el futuro de Olga, que tendría que crecer sin una madre.

Jaime se mostró, más que dubitativo, ausente, como si le diera igual la escena con sexo o sin él.

—No tiene importancia —dijo—. Si los acostamos desnudos en la cama, el espectador dará por descontado que lo han hecho.

Elena no soportaba los escrúpulos de Víctor por respetar la novela. ¿Qué problema había en que la pareja hiciese el amor? De la lectura de este capítulo de la novela, recordaba la impresión de que eso era lo que había ocurrido. Podía ser cierto que el autor no hubiera descrito de modo explícito el acto sexual, pero su imaginación de lectora había cubierto esa laguna.

Aquella noche, en su dormitorio, Elena releyó el pasaje. Se preguntó si realmente lo había leído la primera vez: es cierto que Claudio y Beatriz... cómo decirlo, no llegaban a copular. La enfermedad de Beatriz había inducido temores en su amante y en ella misma. Pero el autor describía cómo se acariciaban mutuamente los genitales. Claudio masturbaba a Beatriz con el dedo índice, mientras la besaba en la boca, el cuello y los pechos. Fue en el momento en que Beatriz estaba a punto de llegar al orgasmo, cuando, asustada, se apartó. Girándose sobre sí misma, dio la espalda a Claudio y sollozó con la cara hundida en la almohada.

9
Al pie del chopo negro

–Sé que algo que he escrito vale la pena cuando al re-
leerlo me emociono –dijo el autor–. No es orgullo, ni la
satisfacción de que las palabras encajen... ni la conciencia
de haber contado lo que quería contar. No es algo racional.
Sólo la emoción vale.

–¿Y sentiste esa emoción al releer las galeradas de la
novela? –le preguntó Víctor.

–...A ratos. Sólo a ratos –dijo bajando la vista un instante–. Algunos capítulos me desesperaban, casi me atormen-
taban, porque no acababan de funcionar. Tenía que haberlos
trabajado más. Pero el final me sigue conmoviendo.

–¿La muerte de Beatriz?

–...Uf, la muerte... Fue muy complicado. Los escritores
románticos parecían pensar que la historia de sus heroínas
no se completaba si no morían. Ésa era la más alta potestad
de los escritores del diecinueve, matar a sus protagonistas.
Como dioses. Pero no, a mí lo que me sigue emocionando
es el capítulo final, cuando, ya muerta Beatriz y enterrada
en Argaelo, Claudio va en busca de Olga para llevarla con
él a Madrid. La historia continúa en esa niña, es como si el
ciclo de la vida volviera a girar.

–Al hacerse cargo de Olga, se completa el aprendizaje de Claudio –observó Víctor.

–...Sí –aceptó el autor–. Así lo veo yo también.

–Es el anticlímax –dijo Víctor, recordando una teoría clásica de la narración–. El clímax sería la muerte de Beatriz.

–Qué palabro tan feo... "anticlímax" –El autor sonrió, mirando nuevamente a Víctor–. No sé. El final lo tenía presente desde el principio, desde el comienzo mismo de la novela. Era como un polo de atracción, que obliga a todos los elementos a orientarse en esa dirección. De hecho, fue uno de los primeros capítulos que escribí.

–No entiendo... ¿no sigues una redacción lineal? Paulatina, quiero decir, capítulo a capítulo.

–...De algún modo, aunque sea vagamente, tienes toda la historia en la cabeza. Tú también escribes, sabes lo que ocurre en estos casos. Al mismo tiempo que escribes un capítulo del comienzo, se te ocurren ideas para cosas que ocurrirán mucho después. Si se convierten en obsesivas, no esperas más y las escribes, aunque luego debas modificarlas o incluso desecharlas. Yo escribí el final casi al mismo tiempo que el principio.

–Yo no me anticipo tanto, me dejo llevar por la narración, improvisando. Es como aventurarse por una senda que se desconoce.

–Supongo que son maneras de escribir igual de válidas. Pero eso no quiere decir que no improvise ni que lo tenga todo planificado. No es eso, ni mucho menos... Improviso en los detalles. Continuamente descubres cosas y matices, posibilidades que no habías sospechado. Hay infinitas maneras de contar lo que quieres contar, y la narración, el propio tono, te exige soluciones formales que afectan a los contenidos. A veces la solución final de un capítulo muy avanzado te fuerza a volver atrás y replantearte un personaje o una situación que ya habías narrado mucho antes.

—Pero así, una novela nunca se terminaría...

—Tienes razón. *A Olga y la ciudad* le puse el punto final... por fatiga. Llegó un momento en que la tensión me abrumaba. Y leer las pruebas fue un verdadero suplicio. Sólo veía errores, omisiones y cosas por mejorar, y el editor me achuchaba para que se las devolviera. No les gusta que hagas demasiadas correcciones en ellas, es más trabajo para los maquetadores...

—Yo prefiero confiar la revisión a algún amigo, para que se centre en las erratas y, en todo caso, me haga alguna sugerencia... Pero sobre la muerte de Beatriz... ¿Tenías claro desde el principio que iba a morir? ¿Por qué no cerrar la novela cuando su enfermedad se agrava?

A Víctor le había seducido de un modo especial la escena en la que Beatriz, sentada en una silla de ruedas en el parque, en Madrid, con las piernas cubiertas por una manta, mira a Olga jugando al escondite con otros niños.

«El sol, que se filtraba entre las ramas de los árboles, caldeaba la manta de Beatriz, que se había adormilado. Con los párpados cerrados, encendidos por la luz suave, oyó que Olga contaba hasta veinte para dar tiempo a que sus amigos se escondieran, aunque aceleró el recuento hacia el final, hasta hacer casi imposibles de diferenciar los últimos números: quince-dieciséis-diecisiete... La imaginaba vuelta contra el tronco de un árbol, con la cabeza hundida entre los brazos... "¡Y veinte!" Beatriz abrió los ojos. Se tapó la boca con el puño al toser. Olga, dando vueltas sobre sí misma, miraba alrededor, a los setos y los bancos. Luego, con los movimientos torpes de sus cinco años, corría hacia un enorme barril de madera que servía de papelera y gritaba el nombre del niño que se había escondido detrás. Corría

126

hacia el tronco de un plátano, descubría a otro niño. Unos se enrabietaban, otros asomaban la cabeza con temeridad desde sus escondrijos, con el secreto deseo de que Olga los señalara. Después fue otro niño el que contó hasta veinte. Olga, tras unos instantes de vacilación, corrió hacia Beatriz, le quitó la manta de las piernas y, tumbándose en el prado, se cubrió con ella. Agazapada en la hierba, parecía que allí simplemente hubiera una manta extendida, como un mantel dispuesto para la merienda...»

–Yo sabía que Beatriz iba a morir –dijo el autor– y en qué situación; una mañana en Argaelo, al pie de un chopo negro.

–Es algo que me sigue intrigando de la novela, porque no queda claro si Beatriz, al pie del chopo negro, se suicida o simplemente muere a causa de su enfermedad... Lleva consigo la navaja y piensa en utilizarla, pero se diría que muere más bien por inanición...

–Que una enferma terminal, postrada en la cama, emplee el resto de sus fuerzas para levantarse y salir al campo una madrugada de helada... Eso ya es una forma de suicidio.

–No se me había ocurrido verlo así.

–Lo que quería era sondear sus pensamientos. Ahí sí que tuve que improvisar, mucho. Yo no lo veía nada claro. Porque Beatriz ama la vida, es una vitalista, que por carácter habría apurado otro segundo más de vida.

–No sé si estoy de acuerdo –dijo Víctor–. El vitalismo tiene esa otra cara oscura. El suicidio es una forma extrema de la acción vital.

–Mientras escribía, volví a leer *Ana Karénina*, de Tolstói, para intentar encontrar respuestas sobre el suicidio. Te hablo de memoria, por lo que recuerdo que leí: los motivos profundos por los que Ana se arroja al paso del tren son el sentirse repudiada por su amante, excluida de la sociedad y condenada por la moral dominante, el despecho... También hay mucho de fatalidad, una serie de desencuentros que la van llevando hacia las vías del tren. Coincidencias que escapan a su control y que, por el contrario, parecen manejarla como a una marioneta.

–No la he leído...

–Te gustará, bastante más que la mía. Pero yo, de verdad, no presentía qué podía pensar Beatriz en sus últimas horas. Todo era un caos en mi cabeza. Y ése es el caos que intenté expresar. En Beatriz no había un propósito ni una determinación.

Siguió un silencio. Víctor dejó descansar su espalda en el respaldo de la silla. Miró alrededor. Los libros de las estanterías, algunas fotos enmarcadas. ¿Qué hora era? Las cortinas seguían descorridas y en el cristal de la ventana se extendía como una mancha el resplandor de una farola. No se oía un solo ruido en la calle.

«Beatriz se había desvelado en la cama. Durante unos minutos respiró oxígeno de la botella, pero luego, agobiada, se quitó la mascarilla. Había pasado muchas horas despierta. La casa seguía en silencio. Sólo se oía el débil runrún eléctrico del frigorífico estropeado. Debía de ser de madrugada. Mientras que por el día le resultaba imposible sacudirse el sueño, las últimas noches los pensamientos la acosaban; cada minuto idéntico al anterior, idéntico al siguiente, una existencia estéril, un desierto interminable, en el que cada gesto le exigía un esfuerzo desmesurado, para encontrarse de nuevo en el centro del mismo paisaje yermo, sin rumbo que seguir. En el cristal de la ventana, la humedad había dibujado una orla junto al marco. Resplandecía la primera claridad del día. Con dificultad, Beatriz se levantó y se puso las pantuflas. Se apoyó fatigada en la silla. El alba parecía anunciarse a lo lejos, por detrás de los montes. (...) Camino del salón, vio que la puerta del dormitorio de Olga estaba entornada. La niña se había desarropado otra vez durante el sueño. Dormía de lado, con un brazo por encima de la colcha. Le pareció aún más pequeña en la enorme cama de madera maciza. Se acercó hasta ella y, sentándose a su lado, la arropó, subiéndole el embozo hasta la cara. Olga suspiró sin despertar. Beatriz se inclinó sobre ella y la besó junto a la oreja, sin tocarla siquiera, sin hacer ruido. Entonces le vino el recuerdo de lo sucedido noches antes, cuando había descubierto la almohada en el suelo y, al recogerla para ponérsela a Olga bajo la cabeza, pensó en lo fácil... Bastaría con colocar la almohada sobre su rostro y apretar suavemente, con insistencia. Olga no sería consciente y tanto dolor habría acabado en unos minutos... Pero ¿qué estaba haciendo? Beatriz se tapó la cara con ambas manos y contuvo el llanto. "Perdóname, Olga, perdóname", susurró. ¿En qué se estaba convirtiendo? A veces, acostada en su dormitorio, le irritaba oír los pasos de Olga correteando por el salón. Oírla canturrear en el patio. Su propio sufrimiento estaba minando su capacidad para apreciar la alegría de los otros. "No hagas ruido, Olga", le recriminaba Carmen con suavidad, "que mamá está enferma..." Su amargura acabaría por... ya estaba impregnando cada rincón de la casa (...). No podía respirar. Oxígeno, necesitaba oxígeno. Pero en lugar de dirigirse a su cuarto, sus pasos la llevaron al extremo opuesto del pasillo, ante la puerta de la casa. El frío de la mañana, al abrir la puerta... el aire puro y denso penetró por su nariz y su boca y le llenó los pulmones. Su piel quedó cubierta por el frío como una prenda fina y amenazadora, posesiva, que se hubiera deslizado bajo el camisón y la bata. El cielo se extendía terso, sin una nube. Aunque el sol aún no asomaba, la luz refleja ya se había extendido por los muros de piedra y las calzadas del pueblo, tiñéndolas de azul. Un vecino que rascaba el hielo del parabrisas de su coche, con el motor encendido, creyó ver a lo lejos una figura de mujer que se perdía en la arboleda (...)»

—A veces pensé que la muerte de Beatriz debía ser una especie de suicidio por amor a su hija –dijo el autor–. Pero descubrí que finalmente se imponía el miedo, su miedo a los cambios que se estaban produciendo en ella.

—¿Te refieres a ese pensamiento de matar a Olga?

—Sí.

—Sólo era un pensamiento...

—Pero qué pensamiento... ¿Cómo convivir con eso? ¿Y si se repetía? ¿Sería capaz de controlarlo? Y luego había algo más... visceral. La necesidad de hacer algo. Siempre había sido una mujer activa, decidida, y ahora se encontraba presa de su propia enfermedad. Salir de casa al amanecer, que a nosotros nos resulta tan rutinario, para ella suponía una aventura... la última. Pensé que en cierto modo la de Beatriz sería una muerte feliz, mezcla de alivio y de un sentido de plenitud. Esto que digo te parecerá una barbaridad...

Eran más de las dos de la madrugada. Habían conversado durante diez horas.

—Creo que desde mi juventud nunca había charlado tanto tiempo con nadie, desde la época de la universidad –dijo el autor–. ¿Un último vaso de vino?

Víctor rechazó el ofrecimiento. A lo largo de la velada, habían bebido casi tres botellas mientras picoteaban aperitivos, pan y conservas. El autor había fumado casi dos paquetes de cigarrillos. Víctor no se había emborrachado, pero notaba un punto de mareo y aún debía conducir hasta su domicilio. El autor insistió en acompañarle hasta el coche, aparcado en una calle próxima.

–Te telefonearé cuando hayamos terminado el guión –le dijo Víctor, sentado al volante, bajando la ventanilla.

–Volveremos a vernos. Mucha suerte –se despidió el autor, dando una palmada en el capó.

Se dio media vuelta y regresó hacia su apartamento. Víctor lo miró por el retrovisor. Caminaba encogido sobre sí mismo con las manos en los bolsillos del abrigo, cargado de espaldas, soportando todo el peso de su novela fallida.

La última mañana en la casa rural de Carboneras, Jaime mantuvo la misma actitud displicente del día anterior, como si el guión no fuera con él. Había preparado un resumen de las secuencias que restaban hasta el final de la película y las leyó con desgana:

–Punto número uno: Claudio y Beatriz conviven en el pisito de Carabanchel; para recorrer distancias largas, ella acaba teniendo que hacer uso de la silla de ruedas, que Claudio empuja en el paseo diario al parque. Punto número dos: Beatriz y Olga se marchan a Argaelo; su padre, Alfonso, que no se habla con Claudio, viene a buscarla en una furgoneta. Punto número tres: en Argaelo, Olga estudia en el colegio local, con la misma vieja profesora de su madre; Beatriz experimenta una mejoría y pasea sin ayuda en compañía de Susana, su hermana, pero vuelve a recaer y queda casi recluida en su dormitorio, encamada. Punto número cuatro: a comienzos de la primavera, Beatriz sale de paseo una mañana muy temprano en ropa de andar por casa; muere al pie de un árbol. Punto número cinco: la entierran al día siguiente; Alfonso, que debía encargarse de avisar a Claudio, no lo ha hecho, de modo que éste no se entera a tiempo y no está presente en el entierro. Punto número seis: Claudio va a Argaelo y recoge a Olga. Fin de la película.

Le extendió el folio a Víctor.

–Tú lo redactarás mejor. Necesitamos sobre todo pensar en el delirio de Beatriz durante su último paseo y al pie del árbol. Tenemos que dar una solución cinematográfica a sus pensamientos, a su soliloquio.

Decidió dejar solos a Víctor y Elena, para que meditaran "con calma".

–Tengo cosas que hacer –se disculpó–. También yo pensaré, a ver qué se me ocurre.

Jaime fue a su cuarto y echó el pestillo. Se tumbó en la cama vestido y sin quitarse los zapatos. Tomó de la mesita de noche su ejemplar de *Olga y la ciudad*. Lo hojeó al buen tuntún, leyendo de aquí y de allá. Luego, dejando el libro a un lado, se puso en pie, se encendió un cigarrillo y se asomó a la ventana. Aún no era mediodía. Debían de ser las once. Su vuelo salía de Sevilla el día siguiente temprano. Mañana a esta hora ya se encontraría de vuelta en casa, en Madrid.

Víctor pensó en aprovechar el tiempo libre para visitar el pueblo de Cañaveral, a unos veinte kilómetros, en el norte del parque natural, la única zona que aún no conocía.

–Voy contigo –dijo Elena–. Hablaremos de la película por el camino.

–Si prometes no quejarte por andar –fue la condición de Víctor–. Sale una pequeña ruta de senderismo desde el pueblo y quiero hacerla. Una hora de recorrido a pie.

–No me conoces –protestó ella.

–Ponte calzado cómodo –le aconsejó, encogiéndose de hombros–. Te espero en el coche.

Elena corrió a cambiarse los zapatos por unas zapatillas de deporte.

En Carboneras, tomaron la carretera hacia el norte, en sentido opuesto a Aracena. Después de unos kilómetros, los bosques tupidos de la zona alta de la sierra se fueron convirtiendo en dehesas despejadas. En la zona más deprimida, al cruzar por un puente la cola del pantano, vieron una manada de toros bravos descansando a la sombra de las encinas.

—Este paisaje... —dijo Elena— parece que estuviéramos en África. ¿Ves aquellos animales?

—Son toros. Ya sabes —respondió Víctor—: la península ibérica, la piel de toro.

—Parecen antílopes en la sabana...

Luego la carretera volvía a subir, haciendo eses por entre montes poblados de matorral, salpicados de olivares. El pueblo se encontraba en la falda de una elevación mayor. Estacionaron en un aparcamiento municipal y callejearon por el casco urbano, de casas bajas encaladas. La plaza mayor estaba ocupada por una gran alberca, que el alcalde había tenido la idea de habilitar como piscina para el baño público, convirtiéndose en la atracción turística de la localidad.

—¿Te imaginas una piscina así en la Puerta del Sol? —dijo Elena, con ojos brillantes de niña.

La plaza se hallaba desierta. Hacía demasiado frío para tomar un baño, y el agua, de hecho, estaba gélida. En lugar de buscar un restaurante para comer, compraron pan y embutido. Víctor llenó la cantimplora de agua en el manantial que surtía de agua a la piscina.

Siguieron la ruta de senderismo hasta el puerto, en lo alto del monte. Era la frontera natural entre Andalucía y Extremadura. Contemplaron el mismo paisaje de matorral a uno y otro lado. Al norte, un cortijo extremeño; al sur, la última población andaluza. Se sentaron a comer los bocadillos en un merendero al sol.

—¿Has pensado algo para la adaptación de la muerte de Beatriz? —preguntó Elena.

—Una carta —respondió Víctor—. Beatriz podría escribir una carta a Claudio confiándole sus pensamientos.

—Yo había pensado en un e-mail.

—Sí. Resulta más actual.

—Viene a ser lo mismo. Podría leerlo la voz en *off* de Beatriz. O la de Claudio. Funcionaría.

—Sólo le veo un problema —dijo Víctor—: nadie escribe tal como piensa. Desde luego, no del mismo modo. Los pensamientos de Beatriz son un delirio, y así es como se exponen en la novela. Pero una carta de Beatriz, en papel o electrónica, los ordenaría y embellecería.

—¿Y eso te parece un problema?

"Es cierto", pensó Víctor, "no hay ningún problema. ¿A quién le importa?"

Luego descendieron por otro camino entre olivares, en dirección al pueblo. A unos centenares de metros de las primeras casas, un perrazo les ladró. Tras el primer susto, se calmaron al ver que el animal no podía correr. Era un mastín enorme, de cuarenta o cincuenta kilos de peso, de color canela. Se hallaba al otro lado de una cerca de piedras. Una gruesa estaca de madera colgaba de su cuello y le impedía desplazarse con comodidad. Para que la estaca no se clavara en el suelo, tenía que mantener la cabeza alta. Caminaba incómodo, con las patas delanteras separadas. Sus ladridos, graves y espaciados, retumbaban en la tarde. A su alrededor, numerosas ovejas pacían la hierba del prado.

—Qué curioso —dijo Víctor—. ¿No tienes la sensación de haber vivido antes este momento?

—Podría jurar que no he estado aquí en mi vida —bromeó Elena.

—Esto mismo... Qué casualidad. En la novela se describe a un perro igual, con la misma estaca... Se habla de un perro igual en los alrededores de Argaelo...

–¿Por qué se la habrán puesto? –preguntó Elena.

–No sé... Supongo que así no puede correr, ni escapar.

–Es horrible. Casi una tortura... Pobrecito.

Siguieron caminando. A los pocos metros, volvieron la vista hacia el perro, que los seguía con la mirada.

–Estoy harto –dijo Víctor de pronto–. No sé si a ti te pasa lo mismo. Bueno, tú tienes más experiencia en el oficio. Pero a mí no me abandona la sensación de estar censurándome, como si no pudiera dar un paso por mí mismo.

–No sé a qué te refieres –dijo Elena.

–Estoy harto del guión –repitió Víctor.

Elena no se atrevió a responder nada; cualquier comentario le parecía fuera de lugar. No volvieron a hablar durante el resto de la excursión.

De regreso del paseo, se dieron una ducha y tomaron un café antes de reunirse para la charla de la tarde.

En el salón de la planta primera, Jaime se había sentado en una silla y había extendido sobre otra sus piernas.

–Soy viejo –les dijo–. Las piernas se me cansan y los pies se me hinchan algunos días. Así se favorece el riego.

–Sobre lo de esta mañana –dijo Víctor, tomando asiento en otra silla–, Elena y yo coincidimos en que Beatriz podría escribir una carta o un e-mail a Claudio.

–La voz en *off* de Beatriz la leería mientras se dirige al pie del árbol –añadió Elena.

–Sí, es la solución lógica –asintió Jaime–. Mejor el e-mail que una carta. Hoy ya no se escriben cartas. El ordenador ayudaría a ubicar la escena en el presente.

–¿Y quién de nosotros escribirá la carta? –preguntó Víctor–. Me parece muy arriesgado...

Jaime enarcó las cejas.

–Los dos, Víctor, los dos –dijo, alternando la mirada entre él y Elena–. Y yo también. Esto es un trabajo en equipo.

Haz un borrador cuando estés en Madrid, luego lo puliremos entre todos.

—Había pensado que esto se le podría encargar al autor...

—No es necesario. Tenemos que fusilar al autor, en los dos sentidos... Es una metáfora —dijo cambiando de tono, sonriendo—. Coge las páginas del delirio de Beatriz y quédate con algunas frases. Cortar y pegar. Veremos qué te sale...

—Sí —aceptó Víctor, bajando la mirada—. Cuando esté en Madrid...

A Elena le sorprendió la actitud de su compañero, el contraste entre la declaración de estar harto, que le había confiado durante el paseo, y su disponibilidad actual. Parecía indeciso: se había puesto a revolver sus papeles, como si buscara algo en ellos. Elena y Jaime lo miraban, esperando que encontrara lo que fuera que estaba buscando o que dijera algo. Víctor alzó finalmente los ojos.

—No es nada —dijo con tono de disculpa—. Sólo estaba buscando una cosa. Puede esperar. No tiene importancia.

—Bien. Ahora pensemos en imágenes —continuó Jaime—. Éste es el momento decisivo de la película. Tenemos que disfrutar de esta parte del guión. Beatriz ha salido de la casa muy temprano. Va vestida con camisón y una bata.

—Hay una frase de la novela que se me quedó grabada —dijo Elena—. Es muy sencillo. Tan sólo menciona a un vecino que cree verla caminar entre los árboles. Está haciendo algo en el coche, no recuerdo exactamente...

—Es un cambio de perspectiva interesante. Ten en cuenta que la grandeza del cine es que no nos hace falta el vecino. Basta con que cambiemos el emplazamiento de la cámara para que la perspectiva cambie...

–Claro, es cierto... –dijo Elena.

–¿Y bien, cómo continuamos? –apremió Jaime.

–Beatriz se detiene al pie del árbol y mira el paisaje –prosiguió Elena–. Como está cansada, se apoya en el tronco. Cae al suelo.

–Lo haremos más suave –corrigió Jaime–. Se recuesta en el árbol y, a medida que las piernas le fallan, su espalda va deslizándose por el tronco hasta quedar sentada. Lleva una navaja en el bolsillo de la bata.

–Ay, Jaime –dijo Elena–, eso no.

–No, no te preocupes. Sólo había pensado que empuñaría la navaja sin sacarla del bolsillo. Así es como se cuenta en la novela, y pienso que es un acierto del autor. El gesto ya lo dice todo. Entonces comienzan sus temblores...

–Los espasmos –dijo Víctor.

–Eso es, Víctor, los espasmos –aceptó Jaime–. Queda tendida en el suelo.

–En un lecho de hojas –dijo Elena.

–Es primavera, lo siento –bromeó Jaime–. No hay hojas caídas. Beatriz está tendida al pie del árbol y la cámara se va alejando. El encuadre se amplía...

El resto de la charla, llegaron al acuerdo de que, antes de narrar la llegada de Claudio a Argaelo, debían darse imágenes del funeral.

–Tenemos que representarlo –explicó Jaime–; si no, algunos espectadores podrían tener la duda de si Beatriz ha muerto finalmente. Eso sería fatal para el fin de la película.

Permanecieron en un silencio incómodo algunos minutos, con esa desorientación de quien ha llegado a la meta y no sabe adónde dirigirse.

Decidieron despedirse de la casa con una buena cena. Víctor volvió a preparar una de sus tortillas de patata y Jaime hizo una ensalada. Elena se encargó de los aperitivos y de poner la mesa. No hablaron de *Olga y la ciudad* durante la cena. Jaime les contó anécdotas de sus comienzos, de sus compañeros de la escuela de cinematografía, algunos de ellos directores conocidos, e intimidades de actores famosos. Aunque en estos casos eludía dar nombres, las circunstancias ayudaban a desvelar su identidad.

Elena, cansada, se acostó pronto, mientras que los dos hombres se quedaron aún charlando en el comedor otro par de horas. De madrugada, despertó y fue al servicio. Desde lo alto de la escalera, escuchó parte de su conversación, mantenida en voz baja.

Jaime había comunicado a Víctor su intención de jubilarse. "Estoy cansado", dijo. Pero al mismo tiempo intentaba convencer a Víctor de que terminara su tarea.

—No puedes dejarlo ahora, Víctor. No saques conclusiones de lo que te he dicho. Lo único que te digo es que nunca doy una película por iniciada hasta que no se comienza el rodaje. Hay mil imprevistos que pueden echar abajo un proyecto: un actor principal que enferma, un litigio en los tribunales. *Olga y la ciudad* se puede rodar conmigo o sin mí. Haz el tratamiento literario y cobra el dinero. Que otros tomen la decisión de rodarlo o guardarlo en el cajón. No me digas que el hecho de que yo haya decidido jubilarme es la disculpa que estabas esperando. No lo admito. Estás cansado... decepcionado; sientes antipatía por Lisardo, como él la siente por ti, de acuerdo. No voy a juzgar los sentimientos de nadie. Pero si renuncias ahora, quedarás marcado para siempre. Nunca volverás a trabajar en esta industria, ni en esta productora ni en ninguna otra. ¿Lo entiendes?

—Es que no creo que quiera trabajar nunca más en el cine... He llegado por casualidad, no es mi vocación, no es mi mundo y, sinceramente, creo que no valgo.

–Hace falta gente como tú, con la cabeza encima de los hombros, con ideas que expresar. ¿Qué será del arte y de todos nosotros si las personas inteligentes e idealistas renuncian a expresarse? No te servirá de consuelo que te diga que he conocido guionistas peores que se ganan bien la vida con esto... No es el peor de los trabajos.

Víctor no contestó. Después de un silencio, Jaime le confió que muchas veces, como él, también había estado a punto de renunciar.

–Es posible que me haya engañado a mí mismo –dijo–, pero hay que seguir adelante, y uno siempre acaba encontrando una ilusión que le infunda ánimos. Al final te agarras a un detalle. He rodado verdaderos bodrios, Víctor, comedias que no hacen reír y suspenses sin suspense, pero no me arrepiento. Lo tuve que hacer y lo hice. A veces me pongo las copias en la tele y me siento en el sofá a verlas. Y espero con alegría ese detalle que puse allí a mala leche, para molestar a los imbéciles, para rendir un homenaje a lo que estimo. En una película, es una mujer que tiende en la cuerda unos calzoncillos con la efigie de Franco entre zurrapas; en otra, es un niño de cinco años que lee a la luz de una linterna un libro de Trotski. Fellini decía que lo que más le gustaba de una de sus películas era la monja coja que aparecía por allí, como de casualidad. Yo en una filmé a un sintecho muerto de frío avivando su hoguera con todos los periódicos del día...

10
El perro de la estaca

«Mientras conducía camino de Argaelo, mi mente se anticipaba al momento en que recogería a la niña. No sé cuántas veces había imaginado esta situación. Olga estaría sentada en las escaleras del porche de la casa, con el pelo largo y rubio, todavía rubio entonces, bien cepillado, cayéndole sobre los hombros de una blusa blanca, el sombrerito rojo que nunca quería quitarse, ni siquiera a la mesa para comer, la falda vaquera, las rodillas juntas, con esa costra en la que no dejaba de hurgar con la uña y que una y otra vez volvía a formarse, los calcetines de punto y los zapatos de hebilla. Siempre la veía con una maleta al lado, de cartón, tan grande que Olga no hubiera podido cargar con ella, una de esas viejas maletas con brillo en las rozaduras y con pegatinas para tapar los rotos. Me miraba con sus ojos castaños y redondos mientras me acercaba con una sonrisa, pero mi sonrisa no podía dejar de ser forzada, una muestra de cariño alegre cuando las circunstancias me dictaban tristeza. "Hola, Olga", le decía. Ella no contestaba. Me sentaba a su lado en la escalera, le acariciaba el pelo y la besaba junto a la oreja. Mirábamos juntos el paisaje, la carretera que discurría a veinte metros de la casa, primero un coche, luego una furgoneta, y más allá la mancha verde de la arboleda junto al río. A lo lejos, la gasolinera y la glorieta, con las señales que indicaban a Almazán, a Soria y a Madrid. "Te voy a llevar conmigo a Madrid", le decía en una ocasión... pero no, la frase tenía un aire de decisión impuesta, de orden que ella debía acatar: sólo era una niña, y su destino estaba en manos de los adultos. "¿Quieres venir conmigo?" le preguntaba. Pero otras veces yo callaba, con un nudo en la garganta, temiendo que ella me preguntara lo que yo no deseaba contestar. "¿Vas a ser mi padre?" aventuraba con una vocecita y la cabeza agachada, mirándose la costra. Yo no habría sabido qué contestar a una pregunta directa como ésa. Los papeles, que tanto importan, establecían que yo era su padrastro, pero esa palabra sonaba a cuento de miedo, a una casa sombría de disciplina estricta y con las cortinas echadas. Soy tu amigo, Olga, sólo quiero ser tu amigo, un amigo grande que te protegerá de los malos y de los estúpidos y te enseñará lo poco que sabe y lo mucho que ignora. Con los años aprenderás a verme como una persona que te quiere y que te ha educado lo mejor que sabía, y me criticarás, y aprenderás más de mis errores que de mis aciertos. "Soy tu amigo", le respondía yo, y era ella la que se ponía primero en pie, avanzaba un paso hacia el coche aparcado y sonriendo me tendía la mano para que la llevase conmigo.

»Llegué a la casa poco después de las nueve de la mañana. Conducía tan nervioso que me había saltado el cruce. Así que, en lugar de dirigirme a la siguiente glorieta para incorporarme al sentido contrario y coger el desvío asfaltado que llevaba hasta la barriada, a doscientos metros salí de la carretera. Tomé el atajo, el camino de grava, con socavones y charcos, que llevaba al descampado que algunos vecinos utilizaban como aparcamiento. Ya no llovía, pero el sol estaba escondido tras unas nubes cargadas y el aire olía a tierra mojada. Al bajar del coche, me ensucié de barro las botas. Atravesé el descampado haciendo equilibrios para no resbalar, rodeé el caserón de piedra por una senda y me limpié las suelas contra la hierba. La puerta principal estaba abierta de par en par y no había nadie en el porche. Alfonso, el padre de Beatriz, se encontraba en el garaje; vestía un mono manchado de virutas y tomaba las medidas de un tablón sobre la mesa de carpintero. No me había oído llegar, pero al acercarme a la puerta del taller le quité luz y volvió un instante la cabeza. Enseguida, sin dirigirme la palabra, retornó a su tarea. Carmen, en la cocina, había apartado la cortina con una mano y había mirado al exterior. Oí sus pasos dirigiéndose a la puerta. Se habría limpiado las manos en el delantal, se habría arreglado el pelo con los dedos, colocándose bien la horquilla con la que se sujetaba sobre la frente su mechón rebelde. Olga estaba sentada en una alfombra en los soportales del patio. Llevaba puesto el sombrerito rojo y jugaba con las piezas de un puzzle de tres dimensiones. Fui el hombre más feliz de la tierra cuando volvió la cabeza y, al verme, se puso en pie y salió corriendo a mi encuentro gritando mi nombre. Saltó a mis brazos como aquella vez que huía asustada de un perro enano y vocinglero. La aupé y se colgó de mi cuello, hundí la cabeza en su pelo. Olga, Olga...

»Carmen lo había dispuesto todo: la maleta de ruedas con la ropa de Olga, y una caja grande de cartón con los juguetes. Había otro par de cajas menores con más ropa de la niña y diversos objetos de Beatriz que yo debía guardar. Hice varios viajes hasta el coche para cargar los bultos en el maletero. "Sé que la quieres y que cuidarás bien de ella", creo recordar que me dijo Carmen al despedirnos, cogiéndome de la mano y apretándome con fuerza la muñeca, hundiendo en ella el pulgar. Ya se había quitado el delantal.

Se había arreglado para la ocasión: un vestido estampado, en cuyo escote había ocultado el pequeño crucifijo de oro, zapatos de tacón bajo, pendientes de bisutería con una piedrecita azul, un poco de colorete en las mejillas. A todos en Argaelo les chocaría que, precisamente el día después del funeral por Beatriz, se quitara el luto, que durante más de veinte años, desde que murió su padre, había sido casi su segunda piel. Pero al mirarse hoy en el espejo, supo que Beatriz le había hecho un hermoso regalo cuando la obligó a prometérselo. Porque la muerte, que tantas veces sirve de excusa para condenar la vida, puede, debe ser el mayor motivo para celebrarla con intensidad.

»Volvió a pedirme que les enviara a la niña los veranos, siquiera un par de semanas, y repitió que no tomara en cuenta las impertinencias que su marido me había dicho la tarde anterior por teléfono; era un buen hombre, con sus defectos y su carácter, pero un buen hombre al fin y al cabo. También yo intenté corresponder a Carmen con un gesto de afecto. Levanté la mano y le acaricié el hombro con torpeza. Pensé otra vez en aquellas palabras que me dijo Beatriz acerca de su padre: "Hay quien dice que perdona pero no olvida. Yo no puedo olvidar, porque tengo memoria; pero si perdono, es porque comprendo..." Carmen ordenó a la niña que fuera a despedirse de su abuelo, y Olga entró en el taller despacio y con cierto temor, callaron los martillazos, se dieron un beso, y luego salió corriendo, aliviada, mientras los martillazos volvían a sonar.

»Ya estábamos a diez metros de la casa cuando Olga exclamó "¡Laura!" llevándose las manos a la cabeza y echó a correr hacia la vivienda. Subió a su cuarto, se agachó junto a la cama y estiró el brazo para recoger la muñeca de trapo, abandonada bajo el mueble. Al regresar corriendo a mi lado, me cogió de la mano. La apreté, no con tanta suavidad que ella no sintiera mi afecto, ni con tanta fuerza que pudiera hacerle daño. Así caminamos los tres por el descampado, Olga de mi mano y Laura colgada de la mano de Olga. Cuando llegamos al coche, mis botas estaban otra vez llenas de barro, así que saqué del maletero unas zapatillas de deporte y una bolsa de plástico y, al sentarme al volante, me cambié de calzado y metí en ella las botas sucias. Olga había abierto la portezuela de los asientos traseros, se había sentado y se había colocado el cinturón de seguridad.

»–Dame la bolsa, por favor –me pidió.

»Yo no había pensado en sus zapatos, también ella los tenía sucios de barro. A partir de ahora tenía que pensar en mis botas y en sus zapatos, en ella primero y luego en mí. Se descalzó y metió los zapatos en la bolsa.

»Encendí el motor y, antes de arrancar, volví la cabeza y miré por encima del respaldo.

»–¿Estás lista? –pregunté.

»–Vámonos –me dijo.

»Había subido los pies descalzos al asiento y tenía las piernas cruzadas en la postura del loto. Me sonreía. Sostenía en su regazo la muñeca de trapo.»

....

Elena se había quedado sola en la finca La Fuentecilla. A Jaime ni siquiera lo vio marcharse; su vuelo había salido de Sevilla a las diez, de modo que tuvo que llegar al aeropuerto una hora antes para devolver el coche de alquiler y embarcar. Le pareció escuchar muy temprano el motor, el crujido de los neumáticos al rodar por la grava. Volvió a quedarse dormida y despertó a media mañana. Cuando bajó al comedor, Víctor ya tenía el abrigo puesto y se disponía a salir. La tarde anterior, éste le propuso que fuera con él en coche hasta Madrid, pero Elena no soportaba los viajes tan largos en auto. Su reserva de avión, que salía a última hora de la tarde, ya estaba confirmada. Tampoco le disgustaba la idea de descansar unas horas más y disfrutar sola de la finca.

Víctor le dejó un legajo de papeles en la mesa. Ahí estaban todas sus anotaciones de los últimos siete días.

–Quién sabe –le dijo al marcharse–, quizás a ti te sirvan de algo. Yo abandono. El cine no es lo mío.

–¿Qué vas a hacer?

–Aún no lo sé. A lo mejor retomo la carrera de Administración de Empresas. Necesito descansar unos días. El tiempo dirá.

Elena se sentó en el poyo de la fachada sur con una taza de café caliente entre las manos. Aunque la temperatura era baja, no corría el viento, el cielo estaba despejado y el sol caldeaba.

Recorrió el perímetro de la finca. Si a los alcornoques no se les había hecho la saca del corcho, seguía sin distinguirlos de las encinas. Las hojas de los árboles y la hierba brillaban por el rocío de la noche. Respiró hondo. Echaría de menos este aire fresco y limpio.

Se sentó en una butaca junto a la chimenea apagada, con un ejemplar de la novela. Releyó algunos capítulos, entre ellos el primero y el último. Le gustaron más que la vez anterior, como si ganaran con cada lectura. Mientras hojeaba el libro, las palabras "perro" y "estaca" reclamaron su atención. Allí estaba el pasaje que le había mencionado Víctor. Se encontraba en el último tercio de la novela. Claudio había aprovechado un puente festivo para visitar a Beatriz y a Olga en Argaelo. Daba un paseo por el campo. El perro descrito por el narrador era igual que el que habían visto ellos la tarde anterior, la misma estaca colgada del cuello. "¿Por qué tratan así a sus animales?" pensó Elena.

No soportaba la perspectiva de que la película quedase en el almacén de los proyectos frustrados. Algo le decía que podía funcionar, que podía ser un éxito. La renuncia de Víctor importaba menos, pero la de Jaime, si finalmente se confirmaba su jubilación... Otro director podría rodarla. El torrente de ideas de la última semana tenía que haber servido para algo. ¿Podía una productora permitirse tanto desperdicio de talento? Intuitivamente, reprochaba a Víctor el haber llegado a esta situación. Quizás era el que más se había entregado en el proyecto, pero por cada aportación que sumaba, había que restar sus peros y recelos: su manía de desviar las charlas hacia debates intelectuales y esa especie de deuda emocional que mantenía con el autor. Y sus escrúpulos, como el de omitir la masturbación de los dos amantes en su reencuentro. Ella habría aplicado una poda exhaustiva a todas esas páginas llenas de conflictos ajenos al argumento principal. *Olga y la ciudad* era una historia de amor, nada más... nada menos que una gran historia de amor. Resaltando la ternura, aderezándola con gotas de humor, sería una gran historia... Ahora se arrepentía de no haberse implicado más. Había ido a remolque de Jaime y Víctor. ¿Acaso eran mejores que ella?

En la cocina encontró unas hojas de lechuga, media cebolla y una lata de atún. Bastaba para preparar una ensalada. También había una pieza de fruta. Después de comer, se echó la siesta, pero no durmió. Había programado el despertador de su móvil, pero se levantó antes de que sonase. Se dio una ducha. Preparó la maleta. A las seis tenía que estar en Carboneras, donde pasaría a recogerla el taxi para llevarla a Aracena. Allí tomaría el autocar de línea con destino a Sevilla.

Su ropa sucia estaba en una esquina del dormitorio, en un cesto. Fue sacándola y echándola en una bolsa de plástico; dos pares de pantalones, calcetines, camisetas, un jersey... Se acercó la ropa a la nariz. Olía a una mezcla de humedad, sudor y campo.

Cerró la casa y dejó la llave bajo la alfombrilla de la entrada. La maleta pesaba demasiado y no podía hacerla rodar por el barro. Recorrió la pista rural renqueando. Luego tuvo que esperar diez minutos a la entrada de la aldea a que viniera el taxi.

Había llegado a la estación de autobuses de Aracena con una hora de margen. Fue entonces cuando decidió hablar con el productor, visitarle en su casa. Telefoneó desde el móvil. Contestó Cristina.

—¿Aún estáis en Aracena? —le preguntó ésta sorprendida—. Pensaba que os habíais marchado esta mañana...

Elena le explicó que sólo quedaba ella, porque su vuelo salía por la noche. Dijo que quería hablar con Lisardo, proponerle algo. Los camareros de la cafetería de la estación aceptaron guardarle la maleta y se dirigió con paso ligero al centro de la localidad. Allí preguntó por las señas que le había proporcionado Cristina.

Llevaba consigo su ejemplar de la novela. Sentir el libro en la mano le proporcionaba algo de seguridad, pero cuando tocó el timbre de la casa comprobó asustada que le temblaba el dedo. No conseguía ordenar sus pensamientos. Su cabeza era un enjambre de abejas. Habría querido salir corriendo de vuelta a la estación, desaparecer para siempre de Aracena.

Cristina la recibió con cordialidad en el patio cerrado. Era circular, rematado en lo alto por una vidriera de colores con una estructura piramidal, visible desde la calle. Había macetones con plantas de interior y varias sillas de madera y terciopelo en torno a una mesita de té.

—Ahora baja Lisardo —le dijo—. Está hablando por teléfono arriba. Pero siéntate, haz el favor.

Lisardo apareció enseguida, bajando las escaleras con parsimonia, vestido con un batín y calzado con unas chanclas doradas.

Instintivamente, Elena hizo ademán de levantarse del asiento para recibirlo.

—No te levantes —dijo él, y lució una amplia sonrisa—. En esta empresa no hacen falta ceremonias.

A Elena le irritó su seguridad, pero contuvo la expresión facial.

—Me dice Cristina que querías hablarnos de algo —dijo Lisardo, que se había quedado de pie. Sin embargo, cruzó los brazos sobre el pecho.

"Está a la defensiva", pensó Elena.

—Te escuchamos... —insistió Lisardo.

¿Por dónde comenzar?

De un modo atropellado, Elena les dijo que esa misma mañana, antes de marcharse, Víctor le había declarado su decisión de abandonar el guión.

—De hecho —prosiguió—, me ha dejado todos sus papeles, las notas que había ido tomando. Y no sé si sabéis... también Jaime ha decidido, o está pensando... en fin, dice que se va a jubilar.

Cristina mostró su estupor.

—No nos ha dicho nada...

—Alguna vez tenía que ocurrir —dijo Lisardo, bajando los brazos—. Aunque preferiría haberme enterado por él mismo...

Elena interpretó en estas palabras un reproche por su indiscreción.

—Yo no querría ser... —dijo— la que viene a dar malas noticias. Si os digo esto es porque... pienso que la película puede continuar adelante... con ellos o sin ellos. Y entiendo las reservas que puedas tener, Lisardo, pero la novela tiene mucha fuerza. Hay personajes excepcionales. Pienso... –Había bajado la vista, pero ahora alzó los ojos con decisión– pienso que puede funcionar y ser un éxito de taquilla. Podríamos hacer una gran película. En esta semana hemos aportado, todos, soluciones maravillosas. Es cierto que queda mucho por hacer. Habría que suprimir elementos que se desvían de la historia de amor entre Claudio y Beatriz...

–Tengo mis dudas –dijo Lisardo.

–Me encantaría oír tus dudas –contestó Elena, asombrada de su propia temeridad–. Seguro que ayudarían a mejorar aún más el guión. Se me han ocurrido muchas ideas para hacerlo más interesante. Y más cercano a nuestros intereses –miró a Cristina–, quiero decir a los intereses e inquietudes de las mujeres. Se pueden reforzar las escenas de amor y de sexo. Hay situaciones que hemos pasado por alto estos días, como una violación, el sexo forzado del que la protagonista es objeto por parte de unos de sus amantes... –al mencionar la escena de sexo forzado, había mirado un instante a Lisardo, que había palidecido; de pronto, éste había perdido su seguridad–. Podríamos rescatar esta y muchas otras anécdotas y darle un nuevo sentido a la historia –prosiguió–. Beatriz es una heroína, una superviviente. Este papel, en manos de la actriz adecuada, podría convertirse en todo un carácter cinematográfico. Tiene fuerza para eso y para mucho más...

–¿Crees que podrías encargarte tú sola del resto del guión? –le preguntó Cristina.

–Es posible, pero preferiría trabajar en equipo. Conozco guionistas con experiencia en televisión, profesionales muy solventes en los que confío por completo y que en un par de meses nos ayudarían a dejar un guión cerrado, listo para el rodaje. Reduciremos las escenas de exterior a las imprescindibles, intentaremos arreglarnos con pocos decorados. Será buena, será barata.

Elena sentía un latido persistente en una vena del cuello. Ahora presentía que lo conseguiría. Cristina estaba predispuesta desde el principio hacia la adaptación de la novela; Lisardo parecía confuso por primera vez, derrotado.

–Sólo quiero poneros una condición –dijo Elena.

El rostro de Cristina pareció iluminarse, con los ojos muy abiertos. Elena se sabía apreciada por la mujer del productor.

–Es fácil de cumplir. Quiero introducir una escena... Puede parecer una escena irrelevante en la novela, y es verdad que no aporta nada a la historia de amor, pero a mí me encanta... Decía Fellini que había hecho una de sus películas sólo para sacar en pantalla a una monja coja. Pues bien, de eso se trata, de mi monja coja...

Lisardo se pasó la palma de la mano por la frente, se atusó el pelo hasta la nuca.

–Quiero leeros el fragmento en el que se habla... –Elena abrió su ejemplar de *Olga y la ciudad* y lo hojeó. Habían regresado sus nervios, la manos le temblaban de modo imperceptible–. Página quinientos... Aquí está.

Carraspeó. Esto bastó para que su nerviosismo se disipara. Alzó un momento los ojos hacia el productor, como pidiéndole permiso; también miró a Cristina, que, sentada frente a ella, se había inclinado adelante, con los codos apoyados en las rodillas y la cara entre las manos, y la observaba con interés.

–Léelo, por favor –le pidió.

Cuando Elena comenzó a leer, Lisardo aún estaba en pie, pero enseguida, despacio, incómodo, ocupó la silla libre frente a Elena.

«En el curso de una de mis caminatas por el campo de los alrededores, desde un cercado de ovejas me ladró un magnífico ejemplar de mastín. El perro llevaba una gruesa estaca, de su misma altura, colgada de una argolla al cuello. De este modo, si pretendía correr, la estaca golpeaba la tierra y le dañaba el cuello, obligándole a detenerse, dolorido. Debía caminar despacio, con la cabeza en alto y las piernas delanteras separadas, arrastrando la punta de su estaca. Cuando le llamé, en lugar de acudir, escondió la cola y se alejó penosamente con las orejas gachas, como avergonzado. Pero cuando una oveja se apartó demasiado del rebaño, ladró con firmeza y la oveja le obedeció, regresando con las demás. Los ganaderos le habían reducido a su función. Era un mastín fiel, un pastor sobrio y cumplidor, que nunca podría volver a saltar de noche la cerca para correr libre por los campos...»

Huelva,
otoño de 2010

151

ÍNDICE

Si deseas estar informado de nuestras novedades,
suscríbete a nuestra lista de correo
o envíanos tu dirección postal.
Más información en
www.acvf.es